Hobbit Presse
Klett-Cotta
Erschienen im
Jubiläumsjahr 1987

NAOMI MITCHISON

EINE REISE DURCH DIE ZEIT

Aus dem Englischen übersetzt von Manfred Ohl und Hans Sartorius

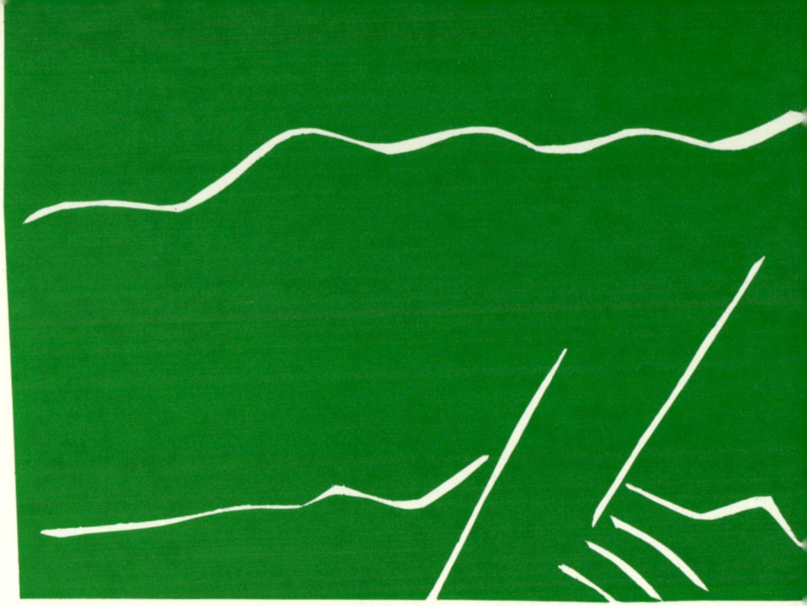

Teil eins

Teil zwei

Teil drei

T E I L   E I N S

ERSTES KAPITEL

DIE BÄREN

Man erzählt, die neue Königin rief beim Anblick des neugeborenen Töchterchens der alten Königin: „Schafft mir das Balg vom Hals!" Der König, der die alte Königin inzwischen beinahe vergessen und sein Töchterchen kaum eines Blicks gewürdigt hatte, stimmte zu und dachte nicht weiter über die Sache nach. Das wäre das Ende des kleinen Mädchens gewesen, wenn ihre Amme Matulli nicht davon erfahren hätte. Die Amme stammte aber aus der Finnmark, und wie viele andere Leute aus dieser Gegend besaß sie die Fähigkeit, hin und wieder die Gestalt eines Tieres anzunehmen. Und so verwandelte sie sich auf der Stelle in eine schwarze Bärin, nahm das kleine Kind mitsamt der Decke ins Maul, verschwand brummend aus dem Frauengemach hinter der Halle des Königs und trottete durch den spärlichen Frühlingsschnee, der in der Umgebung der Halle bereits geschmolzen war, durch den Birkenwald und den Tannenwald in den tiefen dunklen Wald, wo die anderen Bären gerade aus dem Winterschlaf erwachten.

Wenn sich jemand in einen Bären verwandelt, wird er bärenhaft. Bei der Amme Matulli war das nicht anders. Die kleine Halla krabbelte zwischen den Bärenkindern herum, und sie bekam viele Knüffe von harten Krallen und wurde von vielen rauhen Zungen geleckt. Sie lernte, sich gegen die kleinen Bären zu wehren, und da sie Hände hatte, zahlte sie ihnen die Grobheiten hin und wieder heim, zog sie an den Ohren und kletterte ihnen auf die schwarzen Rücken. Manchmal fragte sie sich, wann ihr Krallen wachsen würden. Sie lernte das Denken der Bären und ihre Sprache. Es war eine Sprache, die ihren Zweck ganz gut erfüllte, und so gab es viele Möglichkeiten, den Unterschied zwischen einem Geschmack und einem anderen auszudrücken, zum Beispiel den Geschmack zerkauter Mäuse, den Geschmack vieler Beerenarten und Wurzeln und den Geschmack von Honig auf der Spitze, an den Seiten und am hinteren Ende der Zunge. Das galt auch für Gerüche (denn der Wald sprach immer in Gerüchen zu den Bären) und auch für viele Geräusche und ein wenig für das, was man sah. Aber es gab zum Beispiel keine Möglichkeit, über Wolken oder den Flug der Adler nachzudenken, denn die Bären blickten nicht zum Himmel auf, und hätte jemand den Bären die Sache mit Halla und ihrer Stiefmutter erklären wollen, so wäre das einfach nicht möglich gewesen.

Im Wald lebten viele andere wilde Tiere: Wölfe, Füchse und Marder, Rentiere, Elche, Rehe und Hasen. Aber die meisten hielten sich von den Bären fern. Im Sommer gab es im Wald viele Sträucher, viele Kuhlen und Moospolster. Es roch nach zertretenem Farn und nach fruchtbarer Erde, die aufgewühlt worden war, um an süße Schößlinge und junge Pilze heranzukommen. Es gab Vogelnester mit warmen Eiern und den dicken, freundlichen Pelz der Bären. Die Matullibärin hegte und pflegte die kleine Halla so gut, wie man es von einem Bären erwarten kann. Halla hatte genug zu essen, eine lange Zunge, die sie wusch, und einen warmen Bären, an den sie sich nachts schmiegen konnte. Matulli aber war eine hübsche Bärin, und die Bären wollten alle, daß sie ihnen den Haushalt führte. Der Winter rückte näher, und hinter Felsen und unter gestürzten Tannenbäumen warteten tiefe, gemütliche Höhlen auf Matulli und ihren Bärenmann. Die Nächte wurden länger und kälter, und das Aufwachen fiel Matulli jeden Morgen schwerer. Aber Halla war wach. Sie wurde unruhig, zog an Matullis Schnurrhaaren und wollte ihr Frühstück. Und da erinnerte sich Matulli wieder, daß es zu den merkwürdigen Gewohnheiten der Menschen gehörte, nicht vernünftigerweise den ganzen Winter über zu schlafen. Sie sammelten mühsam Feuerholz, schoren Schafe, webten Dekken, nähten dicke Mäntel und kochten sich heiße Suppen. Trotz der guten Bärenerziehung schlug Halla den Menschen nach. Was sollte eine arme Bärin in einem solchen Fall nur tun?

Doch da kam ein glücklicher Zufall ihr zu Hilfe. Matulli trottete mit ihrem Bärenmann durch den Wald. Sie suchten nach dem letzten Honig der wilden Bienen oder einem spät geschlüpften Jungvogel, der aus dem Nest gefallen war. Matullis Bärenmann brummte leise vor sich hin, weil er spürte, daß es bald schneien würde. Es war an der Zeit, nach Hause in die Höhle zurückzukehren, um zu schlafen und zu schlafen. Aber Halla schwirrte herum wie ein übermütiger Schmetterling und dachte überhaupt nicht daran zu schlafen. Manchmal sagte sich der Bär, es wäre eigentlich gut und vernünftig, Halla zu fressen. Aber das wagte er nicht wegen Matulli.

Plötzlich rannte ein Hirsch an ihnen vorüber und blickte zu Tode erschrocken über die Schulter zurück. Ihm folgte ein Dachs, der es ebenfalls sehr eilig hatte. Doch der Dachs nahm sich die Zeit, den beiden Bären zu sagen, daß ein Drache unterwegs sei, und sie sollten ihm besser aus dem Weg gehen. Der Bärenmann machte auf der Stelle kehrt und trabte höchst zufrieden zurück: Nie war ihm seine Höhle verlockender erschienen als in diesem Moment. Matulli aber setzte sich auf das feuchte Moos zwischen die Preißelbeerbüsche und zog Halla neben sich. Und siehe da, nach kurzer Zeit kam der Drache schnaufend, quietschend und ratternd daher. Matulli hüstelte in den Büschen und sagte: „Hoher Herr!“ Denn sie wußte, Drachen schätzen Höflichkeit bei anderen.

Der Drache stutzte und stieß überrascht eine Flamme hervor, mit der er die oberen Blätter der Preißelbeerbüsche versengte und die Haarspitzen auf Matullis Rücken. Aber das war nicht böse gemeint. Er blieb stehen und hörte sich huldvoll Matullis Geschichte von Halla Bärenkind an. Matulli benutzte die Sprache der Menschen, da sich diese Sache nicht in der Bärensprache erklären ließ. Drachen sind auf ihre Art sehr intelligent, und die meisten verstehen nicht nur die Sprache mehrerer Tierarten – einschließlich der Vögel, die zwar schöne Gefühle, aber sonst wenig haben –, sondern auch die Sprache von Trollen, Zwergen, Riesen und Menschen.

Also, Drachen mögen Menschen im allgemeinen nicht besonders, aber solche, die sich Könige und Helden nennen, mögen sie überhaupt nicht, denn die sind beinahe immer gegen Drachen. Als der Drache, der Uggi hieß, hörte, daß dieses arme, kleine rosige Menschlein von einem König und einer Königin so schlecht behandelt worden war, erklärte er sich ohne Zögern bereit, Halla Bärenkind zu adoptieren, und versprach, sie so zu erziehen, wie die Tugenden und Sitten des Drachenvolkes es verlangten. „Und Ihr werdet darauf achten, daß sie regelmäßig ihre Mahlzeiten erhält, hoher Herr?" fragte Matulli.

„Hast du schon einmal gehört, daß Drachen hungern?" erwiderte Uggi.

„Und Ihr werdet darauf achten, daß sie nicht ins Feuer fällt, hoher Herr?"

„Ich selbst werde sie feuerfest machen", erwiderte der Drache.

„Und Ihr werdet jeden Abend ihr Haar kämmen, hoher Herr?"

„Ich werde es mit meinen eigenen Krallen kämmen", erwiderte der Drache, „denn wie ich sehe, hat sie Haare wie Gold. Und das ist die einzig richtige Farbe für Haare."

„Und Ihr werdet ihre Tränen trocknen, wenn sie weint, hoher Herr?"

„Ich werde ihre Tränen mit dem Seidentuch der Prinzessin der Gewürzländer trocknen, die man aufmerksamerweise meinem Vetter, dem Drachen der Großen Wüste, überlassen hat. Denn wie ich sehe, hat das Kind Augen wie Saphire. Und das ist die einzig richtige Farbe für Augen."

„Was ist mit der Prinzessin der Gewürzländer geschehen, hoher Herr?" fragte Matulli, denn sie dachte, die Prinzessin sei vielleicht eine geeignete Spielgefährtin für ihre Halla.

Der Drache hüstelte hinter vorgehaltener Klaue. „Ihr Volk hat die Prinzessin der Gewürzländer meinem Vetter überlassen.

Eine sehr passende und angemessene Geste. Bedauerlicherweise wurde ein Held ausgeschickt, der gegen die besten Interessen aller handelte. Das Ergebnis war, daß die Prinzessin *und* der Held ums Leben kamen. Mein armer Vetter trug eine häßliche Wunde über dem einen Auge davon. Er hat mir das Tuch im Tausch gegen ein Armband gegeben, von dem ich ein zweites besitze. Ja, ja ..." Uggi der Drache streckte Halla eine blitzende Klaue entgegen, die sie ergriff und daran hinaufkletterte.

„Und Ihr werdet darauf achten, daß sie nachts nicht friert, hoher Herr?" fragte Matulli, die darauf bedacht war, ihre Pflicht zu erfüllen, aber immer sehnsüchtiger an die angenehme Höhle dachte und an den ungestörten Schlaf, der auf sie wartete.

„Sie wird es nachts sehr warm haben und außerdem", erwiderte der Drache, „immer ein Nachtlicht. Ich bin stolz darauf, sagen zu können, daß wir Drachen im Schlaf immer nur durch die Nase ausatmen." Er setzte Halla auf seinen Rücken, wo sie sich an den Zacken festhielt und vor Freude jauchzte, denn jetzt konnte sie bis zu den Baumwipfeln blicken.

Plötzlich überwältigte die Matullibärin der Gedanke an die Höhle, an den Bärenmann und den langen Schlaf, und sie versuchte, sich mit einem Knicks von dem Drachen zu verabschieden. Aber das ist zu schwierig für Bären. Deshalb drehte sie ihm einfach den großen schwarzen Rücken zu und stürmte durch die Preißelbeerbüsche in den Wald. Uggi der Drache hob eine Augenbraue, blickte über die Schulter nach Halla und schloß langsam die Augen wie ein Krokodil, nämlich von links nach rechts, und klappte dann die Augendeckel schnell wie ein Adler auf und zu, denn er hatte etwas vom Wesen beider.

Und Halla war begeistert. Sie stieß die nackten Füße dem Drachen in die schuppigen Flanken, der unter großem Lärm durch den Wald glitt, hin und wieder aus Versehen einen Busch oder einen Haufen trockener Birken- und Eichenblätter in Brand setzte, oder den Pelz eines Tieres versengte, das entweder zu stolz oder zu dumm war, ihm rechtzeitig aus dem Weg zu gehen.

ZWEITES KAPITEL

DIE DRACHEN

Auf dem Nachhauseweg flog Uggi an diesem Abend auf den Signalhügel, dessen Gipfel so verkohlt und verbrannt war, daß nicht einmal an den verstecktesten Steinen Moos wuchs. Dort stieß er heftig den Atem aus, und aus seinen Nüstern schossen Flammen wie riesige goldene Lilien und verloschen in der plötzlich hereinbrechenden Dämmerung. Seine Vettern Bauk, Gork, Hafr und Hroar kamen herbeigeflogen. Sie machten mit ihren Flügeln so viel Lärm wie tausend Gänseschwärme. Uggi erzählte ihnen die ganze Geschichte, während Halla Bärenkind mit den nackten Füßen auf seinem Rücken trommelte. Vernünftigerweise beschloß man, sie sofort feuerfest zu machen, ehe etwas Unangenehmes geschehen konnte.

Das Ritual, durch das man feuerfest gemacht wird, ist uralt, sehr schön und kann nur von der Göttin Demeter vollzogen werden oder von nicht weniger als drei Mitgliedern des Alten Drachenordens, von denen zumindest einer ein Großer Drache sein muß. Halla, die es gewöhnt war, von Bärenzungen geleckt zu werden, fand nichts dabei, von den gespaltenen Flammenzungen der Drachen geleckt zu werden. Noch einige Zeit später schien alles, was sie betrachtete, von einem zarten Feuerkranz umgeben zu sein. Auch später, als sie schon sehr viel älter war, erlebte sie das immer dann, wenn sie zornig wurde.

Den ganzen Abend hindurch bis tief in die Nacht und lange, nachdem Halla bereits eingeschlafen war, zogen und tanzten die Drachen in feierlicher Erregung um sie herum. Sie flogen vom Signalhügel zu den Sternen hinauf und stießen Flammen hervor, die sich in glänzenden Schuppen und Klauen hundertfach als Funken und Blitze spiegelten. Manchmal sprangen sie hoch in die Luft, legten die Flügel an und sanken kreisend wieder nach unten. Manchmal schossen sie davon, bis sie so winzig wirkten wie Raketen und kehrten dann donnernd zurück. Sie beschlossen, das Mädchen Halla so zu erziehen, daß es allen Drachen Ehre machen und Königen, Helden und anderen Feinden der Drachen den Tod bringen würde. Und ehe der Morgen den Nachthimmel ergrauen und die frostigen Sterne verblassen ließ, trug Uggi der Große Drache das schlafende Kind vorsichtig in den riesigen Klauen in seine Höhle, und Hallas blaßgoldene Haare spielten und wehten in seinem feurigen Atem, aber die Flammen versengten sie nicht.

Und so wuchs Halla bei den Drachen auf. Sie lernte Jahr um Jahr besser, in Drachenart zu denken. Sie erhielt lange Unterrichtsstunden, hauptsächlich in Geologie, in Arithmetik und besonders in Multiplikation, was zwangsläufig zur Ökonomie führte, die schon immer eine wichtige Rolle in der Geschichte der Drachen gespielt hatte. Natürlich lernte sie auch das an Zauberkunst, was man für geeignet hielt. Nach dem Unterricht durfte Halla mit Uggis Schätzen spielen, Berge von Perlen hinunterrutschen und Türme aus goldenen und elfenbeinernen Kästchen bauen. Sie konnte sich mit Halsketten und Juwelen schmücken und sich nach Belieben in glänzenden Silberspiegeln bewundern; diese hielt ihr ein junger Drache mit einem feurigen Lächeln, der sie bewunderte. Er war erst vor kurzem geschlüpft und hatte noch einen weichen Panzer. Halla trug beim Beerenpflücken goldene oder silberne Gewänder – denn wie sehr sich die Drachen auch bemühten, ihr solche Neigungen abzugewöhnen, so war und blieb Halla bärenhaft, wenn es um Honig und Beeren ging. Immerhin lernte sie die Gelage der Drachen schätzen, wo es verkohlte Keulen gab, hart gebratene Koteletts, brennenden Plumpudding und Ingwerhäppchen.

Und natürlich bekam sie soviel Drachenzähne, wie sie wollte.*

Drachen leben mit Vorliebe in verbrannten Heidelandschaften und auf einsamen, schneebedeckten, feuerspeienden Bergen. Bork und Hafr waren noch jung, kaum ein paar Hundert Jahre alt, aber sie flogen mit Halla öfter hinunter zu den dunklen Wäldern oder den Flüssen und zeigten ihr von fern die Behausungen der Menschen, die großen Häuser mit Scheunen und Koppeln inmitten von Feldern am Ende der Fjorde, und Boote, die an den Landestegen vertäut lagen oder bei Sturm auf das Ufer gezogen worden waren. Die größten Boote nannte man Drachenschiffe, aber die Drachen wußten nicht genau, was sie davon halten sollten. Natürlich konnte es eine Form von Verehrung sein, und so hätte es eigentlich auch sein müssen, doch bei den Menschen wußte man nie genau, woran man war.

Im Sommer war es auf dem Drachenberg heiß und drükkend, und in der Toten Heide gab es so viele Dornen, daß das Gehen mühsam war. Im Winter lag alles unter einer Schneedecke, und die riesigen Nordlichter zogen gleißende Vorhänge zwischen Erde und Himmel oder tanzten wie auf Stelzen um den Polarstern. Die Drachen schossen knisternd und funkensprühend durch sie hindurch. Im Winter hörte man auch den Fenriswolf heulen – in weiter, weiter Ferne, aber doch zu nahe, um nicht beunruhigt zu sein. Halla wußte natürlich, daß ihr nichts geschehen konnte, solange sie bei den Drachen blieb und artig einen Schatz bewachte.

Im Geschichtsunterricht lernte sie zuerst etwas über den Anfang der Dinge. Sie erfuhr, daß der Baum Yggdrasil über

---

* Wer noch nie Drachenzähne gegessen hat, dem sei hier das Rezept verraten: Man streut geschälte Mandeln und Rosinen in eine flache Metallpfanne (richtige Drachen benutzen immer eine aus Gold). Dann gießt man Cognac darüber, zündet ihn an, und jeder versucht, so viele Mandeln und Rosinen wie möglich aus der Pfanne zu fischen. Wenn ich mich recht erinnere, blieb am Schluß immer viel klebriger Saft zurück; aber inzwischen sind mehr als vierzig Jahre vergangen, seit ich zum letzten Mal Drachenzähne gegessen habe, denn die Menschen haben vergessen, die Drachen zu ehren.

dem ersten Drachennest wuchs, noch ehe die ersten Drachen aus den milchigen Eiern geschlüpft waren; sie hörte von dem Weben der Nornen, von den Eigenarten und Neigungen Allvaters, der einst die Menschen zu seinem Vergnügen erschaffen hatte. Später erfuhr sie, daß die Menschen sich gegen die Drachen aufgelehnt hatten: Der Große Drache hatte die Menschen gelehrt, Schafe und Kühe als Drachenspeise zu halten, hatte sie ermahnt, klaglos hinzunehmen, daß hin und wieder ein Hirte mit seiner Herde gefressen wurde, denn richtig betrachtet, sei das alles nur zum Besten. Wenn das Vieh sich zu sehr vermehrte und Übervölkerung drohte, sprangen (oder üblicherweise flogen) die Drachen in die Bresche und sorgten dafür, daß der Überschuß mühelos verschwand. Zum Wohle aller wies man die Menschen hin und wieder an, ihrem jeweiligen Drachen eine junge und knusprige Prinzessin zu überlassen. Wie man erzählt, gefiel den Prinzessinnen diese Begegnung; den Drachen gefiel sie ganz bestimmt.

Doch die Menschen wurden rebellisch. Könige, Ritter und Helden bewaffneten sich unfairerweise mit feuerfesten Rüstungen und unangenehmen Lanzen. Sie zogen los, von bestimmten Untergrundelementen ermutigt und gegen die Wünsche und Interessen der Mehrheit der Bevölkerung, um sich zwischen die Prinzessinnen und die Drachen zu drängen. Gelegentlich führte das zu Tragödien, wie im Fall des guten Drachens, den ein Mann namens Georg tötete, oder des Drachens, der so grausam von Perseus niedergemetzelt wurde, als er gerade Bekanntschaft mit Andromeda schließen wollte. Es konnte bewiesen werden, daß keine Prinzessin je gefragt wurde, ob sie gerettet und von dem Drachentöter einem Schicksal entgegengeschleppt werden wollte, das (zweifellos) schlimmer als der Tod war. Mitunter wurde ein Drache auch kaltblütig ermordet, wie erst vor kurzem der Drache Fafnir, ein Onkel Gauks und ein Großer Drache. Ein junger Mann namens Siegfried weckte ihn ungestüm und durchbohrte ihn brutal mit dem Schwert. Mit Siegfried nahm es jedoch auch kein gutes Ende.

Aber in den meisten Geschichten blieben die Drachen Sieger, und alles endete glücklich. Manchmal spielte Halla Prinzessin und Drache; sie gab vor, an einen Baum gebunden zu sein, und wartete darauf, daß einer der jungen Drachen mit aufgerissenem Maul auf sie zustürmte und sie in köstliche, prickelnde Flammen hüllte. Bei solchen Spielen mischte sich natürlich kein schrecklicher Held ein. Gelegentlich wünschte sich Halla, eine richtige Prinzessin zu sein, damit das alles in Wirklichkeit geschehen könnte.

Ökonomie war ein ernsteres Gebiet. Kurz gesagt ging es darum: Die Drachen sammelten Gold. Die Könige und Helden verschwendeten es. Könige pries man mit dem schockierenden Namen „Schenker von Armbändern"! Und woher kamen die goldenen Armreifen? Natürlich aus dem Schatz, den ein Drache unter Mühen, Umsicht und Fleiß angesammelt hatte! Dann wurde ein Drache auf gemeine, hinterhältige Weise angegriffen, ermordet und das Gold an jene verteilt, die nichts getan hatten, um es zu verdienen. Helden rühmten sich einer Eigenschaft, die sie selbst Großzügigkeit nannten. Aber was war Großzügigkeit? Das hieß normalerweise, etwas, was sie nicht verdient hatten, an Leute zu verschenken, die es ebensowenig verdient hatten! Welche Vorstellung, welche Tat konnte schändlicher sein für jeden ehrlichen Drachen? Der ausgeplünderte Drache mußte von neuem ans Werk gehen und Schätze sammeln, horten, katalogisieren und schließlich – nicht zu vergessen, unter Einsatz seines Lebens! – bewachen. Jeder Drache hatte seine Höhle, und nach der Ordnung der Dinge hatte jede Höhle ihren Schatz, denn gehörte nicht das Funkeln eines Schatzes in die samtige Dunkelheit einer Höhle? Das gehörte zur Ordnung des Lebens, wie sie seit Beginn der Zeit festgelegt war.

„Woher stammt eigentlich das Gold?" fragte Halla, die nachdenklich auf einem Felsen saß, die Hände um die Knie geschlungen hatte, während ihr goldenes, von Drachenklauen gekämmtes Haar über den goldenen Schulkittel mit den großen Rubinen an Kragen und Saum fiel.

„Die Zwerge schmelzen es aus dem Gestein", antwortete Uggi, „und in alter Zeit konnten nur Zwerge es bearbeiten. Leider haben sie inzwischen die Menschen diese Kunst gelehrt, obwohl die Menschen den Zwergen das Gold durch Gewalt oder List geraubt haben, denn darin ist die Menschheit schon immer sehr geschickt gewesen. Und es gelangt immer durch Menschen in seine wahre Heimat: in die Sicherheit einer Drachenhöhle."

„Weshalb holen die Drachen sich das Gold nicht direkt von den Zwergen?" fragte Halla. „Dann wären die Menschen überflüssig."

„Weil", erklärte Uggi geduldig, „Zwerge in Felsspalten und Löchern leben, in die Drachen nicht hineingelangen können, weil sie so groß sind, wie es sich gehört. Menschen sind halbe Zwerge und steigen ihnen nach."

Halla streckte die Arme aus. Die Armreifen klirrten, und die Ringe funkelten im Sonnenlicht. „Ich bin froh, daß ich ein Drache bin", sagte sie.

„Vergiß nie, mein Kind", sagte der alte Uggi, „du sollst nicht nur Drachengedanken haben, du bist auch Teil eines Drachenschatzes. Du gehörst zu meinem Schatz. Vergiß nicht, wenn ein Mann dich sehen sollte, würde er sofort versuchen, alles zu stehlen, was du am Leib trägst. Er würde es nicht nur wegschleppen, sondern dich vermutlich auch noch ermorden."

„Ich würde Feuer speien", erklärte Halla. „Wann bringst du mir bei, Feuer zu speien? Ich habe keine Lust mehr, Geschichte zu lernen."

„Es ist sehr traurig", sagte Uggi, „aber ich kann dir das Feuerspeien nicht beibringen."

„Weshalb nicht?" fragte Halla. „Liegt es daran, daß ich früher einmal ein Bär war? Wenn du mir nur zeigen würdest, wie man Feuer speit, würde ich aufhören, Beeren zu essen und mit den Pfoten in der Erde zu wühlen!" Die Drachen hielten ihr diese schlechten Angewohnheiten nämlich immer wieder vor.

Uggi seufzte. Es war ein heißes, heißes Seufzen, das ein paar Flechten verbrannte, die an der Seite des Felsens bis jetzt überlebt hatten. Uggi spürte, daß trotz Hallas Erziehung zum Drachen nun der Augenblick gekommen war, in dem er ihr die Wahrheit sagen mußte – wie schwer ihm das auch fallen würde. Er sprach weiter: „Die Zeit ist gekommen, mein Kind, ich muß dir etwas sagen. Ist dir nicht aufgefallen, wenn du in den glänzenden Spiegel blickst, daß du weder mir noch einem anderen Drachen ähnlich siehst?“

„Nicht gerade *sehr* ähnlich“, erwiderte Halla und bewunderte ihre langen, mit Gold- und Smaragdringen geschmückten Zehen; doch sie waren nicht lang und nicht scharf genug, um sie als Klauen bezeichnen zu können. „Vielleicht werde ich dir ähnlicher, wenn ich älter bin. Ich glaube, ich spüre schon, wie mir Flügel wachsen“, fügte sie hinzu, blickte über die Schulter nach hinten und kratzte sich den Rücken.

Uggi der Drache vergoß eine zischende Träne. „Mein Kind, ich fürchte, auch wenn du älter bist, wirst du nie wie ein Drache aussehen, denn in Wahrheit bist du kein Drache.“

„Aber ... “, sagte Halla mit bebenden Lippen, „ich fühle mich wie ein Drache, und du sagst mir immer, ich sei ein Drache. Oh, ich weiß, ich bin ein Drache!“

„Leider“, seufzte Uggi, „ist das nicht genug, obwohl es immerhin schon etwas ist. Ich fürchte, mein Kleines, was ich dir sagen muß, wird dich sehr verstören. Du mußt sehr tapfer sein, so tapfer wie ein guter Drache. In Wahrheit stammst du von den Menschen ab und gehörst nur durch Adoption zu uns. Aber mach dir keine Sorgen“, fügte er eifrig hinzu, „du bist in Sicherheit. Du kehrst nie wieder zu den Menschen zurück, es sei denn, du willst es.“

Halla brach in Tränen aus und schlang die Arme um Uggis Hals. „Wie könnte ich je zu ihnen zurückkehren wollen!“ rief sie. „Weshalb mußtest du mir das sagen? Weshalb kannst du mich nicht in einen Drachen verwandeln?“

„Selbst die Nornen oder Allvater persönlich könnten das nicht“, sagte Uggi ernst.

„Warum nicht?“ fragte Halla. „Du hast mich Zaubern gelehrt. Schließlich kann ich doch Steine in Frösche verwandeln, oder nicht?“ Das gehörte zu ihren erfolgreichsten Lektionen in Zauberei.

„Aber vergiß nicht“, sagte Uggi, „diese Frösche tun nur das, was du willst. Wenn du nicht das Zauberwort sprichst, können sie nicht springen. Und wenn ich dich in einen Drachen verwandeln würde, und ich bezweifle sehr, daß mir das gelingt, könntest du nur fliegen oder Feuer speien, einen Schatz anhäufen oder etwas Drachenhaftes tun, wenn ich das Zauberwort spreche. In deinem Herzen und in deinen Gedanken wärst du kein Drache ... nicht so, mein Kleines, wie ich glaube, daß du es jetzt bist!“ Er drückte ihr einen feurigen Kuß auf die Stirn und erinnerte sich plötzlich an einen uralten geschliffenen Smaragden im hintersten Winkel seiner Schatzhöhle, den Halla noch nie gesehen hatte. Sie würden ihn gemeinsam suchen. Diese Aussicht stimmte Halla wieder fröhlich, denn sie war Drache genug, um den Gedanken an Schätze schöner zu finden als alles andere.

DRITTES KAPITEL

BESUCHER AUF DEM DRACHENBERG

Als Halla älter wurde, bedrückte sie der Gedanke weniger, daß sie ein Mensch war. Oft vergaß sie es sogar tagelang. Einmal kam die Grendelfamilie zu Besuch. Es waren seltsame Gestalten und ein ziemlich nasses Volk. Sie blickten Halla schief an, denn das Mädchen erinnerte sie an das furchtbare Schicksal, das ihre Großmutter und ihren älteren Onkel durch die Hände eines Mannes namens Beowulf ereilt hatte, der dieser armen alten Dame bis in ihr Haus auf dem Grunde des Schrecklichen Sumpfs gefolgt war und ihr den Arm abgehackt hatte – und das nur, weil sie pünktlich ihren Tribut – nicht mehr! – aus der Halle des Königs von Dänemark geholt hatte. Man mußte sich wirklich fragen, wie weit es mit der Welt gekommen war. Man mußte der ganzen Menschheit mißtrauen. Die Grendels erkannten bald, daß Halla nicht zu dieser Art Menschen gehörte. Als sie sich verabschiedeten und beim Aufstehen feuchte Flecken auf den Steinen des Drachenbergs hinterließen, waren sie so angetan von Hallas Mitgefühl und Zorn, daß sie vorschlugen, man möge sie Halla Heldentod nennen. Sie zweifelten nicht daran, daß Halla für Drachen, Grendels und andere einmal das Werkzeug der Rache sein und den Helden das Handwerk legen würde. An diesem Abend rollte sich eine stolze Halla auf dem halb bärenhaften, halb drachenhaften Lager aus Moos und Perlen zusammen. Halla Bärenkind war für den Anfang ein guter Name gewesen, denn dieser Name unterschied sie von allen anderen Menschen, aber Halla Heldentod war viel besser.

Immer wieder drangen Nachrichten über Ereignisse bis zum Drachenberg, die in der für die Drachen wichtigen Welt geschahen. Natürlich war das nicht die Welt der Menschen und auch nicht die Welt der Götter. Die für Drachen wichtigen Dinge ereigneten sich auf verschiedenen Ebenen. Zum Beispiel wurde alle hundert Jahre der Scheiterhaufen entzündet, den der Phönix für sich errichtet hatte. Man wählte dazu einen jungen Drachen aus, der noch keinen Schatz besaß, und er vollzog die Zeremonie mit einem einzigen, wohlgezielten Atemstoß. Zu diesem Ereignis versammelten sich ehrwürdige und uralte Drachen in der Wüste von Arabien. Uggi war in seiner Jugend auch einmal dort gewesen, aber inzwischen neigte er dazu, dergleichen für überflüssig zu halten: Sein Herz gehörte dem Schatz. Halla war von solchen Geschichten begeistert und hätte gern an den Feierlichkeiten teilgenommen. Manchmal stellte sie sich vor, sie sei der majestätische, weißglühende Phönix, aber häufiger der bescheidene, junge Drache, der seine Aufgabe bestens erfüllt hatte, das Zeichen für eine gesicherte und glänzende Zukunft.

Von Zeit zu Zeit verließ Uggi die Höhle zu geschäftlichen Unternehmungen. Vorher versicherte er sich, daß seine Klauen scharf und die Flügelgelenke geschmeidig waren. Halla überprüfte seine Schuppen, damit keine gesprungen war oder repariert werden mußte. In solchen Fällen holte sie Feile, Politur und das kleine Zauberkästchen und brachte damit sehr schnell alles wieder in Ordnung. Das war für Uggi eine große Hilfe. Halla machte sich immer Sorgen über die zarte Stelle hinter dem einen Vorderbein, und einmal versuchte sie, Uggi sogar soweit zu bringen, daß er dort einen hübschen kleinen Kettenpanzer trug. Sie hatte ihn unter den Schätzen gefunden und hielt ihn genau für das Richtige. Uggi verwarf ihn auf der Stelle als undrachenhaft und erklärte entschieden, es bestehe keine Gefahr. Und tatsächlich kehrte er früher oder später immer mit einem Neuzugang zum Familienschatz zurück. Halla datierte und katalogisierte ihn erfreut, und gemeinsam suchten sie dann genau die richtige Nische in den Felsen der Schatzhöhle für die Neuerwerbung.

Während Uggi unterwegs war, machte Halla ihre Hausarbeiten, und die jüngeren Drachen kamen zum Tee. Natürlich tranken sie ihn beinahe kochend heiß. Dazu aßen sie Chilihäppchen. Hin und wieder kamen auch andere Geschöpfe aus dem Land hinter dem tiefen Wald – darunter auch mehrere Einhörner, die Halla auf Schritt und Tritt folgten, ihr schmachtend den Kopf in den Schoß legten, sobald sie sich setzte, und sie mit ihren großen goldenen Augen unverwandt ansahen. Sie hatten ziemlich schwere Köpfe, und deshalb war das lästig – ganz besonders, wenn zwei es gleichzeitig taten. Es machte auch längst nicht soviel Spaß, auf ihnen zu reiten wie auf den Drachen.

Manchmal erschienen auch triefnasige Trolle. Aber sie redeten nicht vernünftig, sondern gaben hohle Geräusche von sich wie das Echo in einer Höhle, und ließen überall Knochen fallen. Dann gab es auch noch die Riesen. Viele von ihnen hatten körperliche Besonderheiten (etwa ein drittes Auge), auf die sie so stolz waren, daß sie überhaupt nicht aufhörten, darüber zu reden. Andere prahlten mit Siebenmeilenstiefeln und Mänteln, die ihren Träger unsichtbar machten und immer ganz gewöhnlich aussahen. Der große Boygg trug eine Tanne als Schirm mit sich herum. Wenn es anfing zu regnen, öffnete er diesen Schirm mit einer Bewegung des Daumens, und es wurde eine Eiche daraus. Doch er sprach immer in Rätseln, und das machte Halla ganz verlegen. Kein einziger dieser Besucher hatte eine wirklich ernsthafte und vernünftige Einstellung zu einem Schatz. Die Trolle machten sogar oft dumme, vulgäre Witze darüber.

Bork nahm Halla einmal zu einem Besuch bei der alten Seeschlange mit, die auf jedem Kopf eine Krone trug und zischelnd mit allen gleichzeitig sprach, womit sie Halla völlig verwirrte. Halla lernte an diesem Tag auch bezaubernde Seejungfrauen kennen, und sie stellte fest, daß einige bereits ihr ehrgeiziges Ziel erreicht und ein oder zwei Helden bezwungen hatten. Aber als Halla sich erkundigte, auf welche Weise, wäre es beinahe zu einem sehr häßlichen Unfall gekommen.

Die Seejungfrauen erklärten, sie wollten es ihr zeigen, und ehe Halla wußte, wie ihr geschah, hatten die Seejungfrauen sie auf den Grund eines Tümpels gezogen, hielten sie dort fest und lachten perlende Luftblasen. Sie ließen Halla erst los, als Bork, der plötzlich begriff, was geschah, ihnen in die Schwänze biß. Die Seejungfrauen hatten es vielleicht nicht böse gemeint, doch Halla war so erschrocken, daß sie sich künftig weigerte, noch einmal ans Meer zu gehen.

Einmal, als Uggi wieder in Geschäften unterwegs war, saß Halla allein auf dem Drachenberg. Sie putzte gerade Silber, als beinahe direkt über ihr ein Gewitter losbrach. Mitten aus der schwärzesten Wolke sprang ein geflügeltes Pferd, das mit allen vier Hufen gleichzeitig auf Uggis Schwelle landete, daß die Funken nur so sprühten. Es war ein starkes Pferd mit struppigen Haaren an den Fesseln, einem breiten Rücken, einem dicken Hals, gestutzter Mähne und harten Federn an den Flügeln. Und es mußte auch stark sein, denn die junge Frau auf seinem Rücken gehörte zu der Sorte, die mit einer Hand einen Heuhaufen umwerfen konnte. Das mußte sie auch können, denn sie war eine Walküre und mußte oft in vollem Galopp einen jungen Helden am Speer, der ihn durchbohrt hatte, packen, über die Pferdekruppe werfen oder ihn unter einen Arm geklemmt nach Walhall schleppen, ehe er wußte, wie ihm geschah. Die junge Frau stieg vom Pferd, nahm den Helm ab, so daß die roten Haare sich in zwei dicken Zöpfen entrollten, kratzte sich durch den Kettenpanzer und fragte: „Hast du so etwas wie Nadel und Faden, mein Kind? Mein Unterrock ist wieder zerrissen.“

Aus ihrem Verhalten schloß Halla, daß sie zu Allvaters Wunschkindern gehörte, und beeilte sich, ihr zu bringen, was sie brauchte. Während die Walküre, die Steinvor hieß, die Risse im Unterrock mit großen Stichen nähte und sich hin und wieder in den Finger stach und fluchte, unterhielten sie sich. Halla entschuldigte sich, daß sie das Pferd nicht füttern konnte; Steinvor hatte einen Becher Met getrunken. „Wir können hier oben nichts anpflanzen“, erklärte sie, „nicht einmal Krähenbeeren. Früher oder später wird alles versengt."

„Das glaube ich gern", erwiderte Steinvor, „ich würde es hier auch keine Woche aushalten. Ruhig, mein Junge! Brrr!" rief sie dem Pferd zu, das unruhig wurde. „Es kann den Drachengeruch nicht ausstehen", erklärte sie.

„Drachen riechen nicht!" widersprach Halla empört.

„Das glaubst du, meine Liebe", sagte Steinvor und rümpfte die Nase, „aber ich kann dir verraten, es stinkt! Hör zu, warum haust du nicht ab? Oh, ich meine nicht, daß du zu den Menschen zurück sollst, daran liegt dir wenig, das sieht man. Aber wie wäre es mit meinen Spielchen. Warum kommst du nicht zu uns? Ich werde mit Allvater reden. Das ist ein schönes Leben."

„Vielen Dank", erwiderte Halla höflich, „aber ich glaube nicht, daß es mir gefallen würde. Ihr sucht euch doch immer Helden aus, nicht wahr ... und faßt sie an? Ich hasse Helden!"

„Sie sind nicht immer glücklich darüber, von uns ausgewählt zu werden!" sagte Steinvor und lachte kurz und laut wie ein Pferd. „Wir nehmen sie mit, ehe sie Zeit gehabt haben, alles zu tun, was sie tun wollten. Aber Allvater wird bei der Letzten Schlacht jeden von ihnen brauchen, und bis dahin glauben sie, so zu leben, wie sie es gewöhnt sind. Nun ja, wer macht sich um die schon Sorgen? Der Spaß besteht darin, sie aufzustöbern. Das übertrifft jede Sauhatz."

„Ihr sammelt sie, damit sie Allvater im Kampf gegen die Midgardschlange beistehen?" fragte Halla unsicher. „Ich kenne die Midgardschlange natürlich nicht persönlich ..."

„Ahaa!" sagte Steinvor. „Und ihr wißt nicht, auf welcher Seite ihr seid, du und deine Drachen? Ich verstehe, ich verstehe!" Sie stieß Halla mit dem Griff ihres Dolchs in die Rippen – mit der Spitze säuberte sie sich gerade die Fingernägel.

„Die Drachen sprechen mit größter Achtung von Allvater." Halla war ängstlich darauf bedacht, nicht das Falsche zu sagen.

„Das mag wohl sein, das mag wohl sein", sagte Steinvor, „aber trotzdem bin ich mir nicht sicher, ob sie auf Allvaters Seite stehen oder nicht. Möglicherweise sind sie mit der Midgardschlange verwandt. Und du willst doch nicht plötzlich auf der falschen Seite stehen? Komm mit mir, Kind. Das Pferd ist es gewöhnt, zwei zu tragen. Ich werde mit Allvater reden. Es geht schon alles in Ordnung ... " Sie packte Halla am Arm und zog sie, wie eine Bauernmagd ein Kalb, zum Pferd.

„Nein!" schrie Halla. „Ich will nicht. Ich bin ein Drache!"

„Unsinn", widersprach Steinvor und wollte Halla aufs Pferd zerren. Das Mädchen wand sich plötzlich, schnappte wie ein Drache, schlug mit den Händen wie mit Bärentatzen und zerrte an Steinvors Rock, denn das war, wie sie wußte, die verwundbare Stelle der Walküre. Steinvor war es nicht gewohnt, von jemandem angegriffen zu werden, den sie davontrug, denn die Helden waren meist so überrascht, getötet worden zu sein, daß sie keinen Finger rührten. Steinvor ließ Halla los. „Ich schäme mich für dich, Kind", sagte sie, „daß du bei stinkenden Drachen leben willst, wo du in Walhall sein könntest. Ich weiß nicht, was die Nornen davon halten. Aber ich werde es ihnen auf jeden Fall erzählen." Sie stieß dem Pferd die Fersen in die Flanken und sprang mit einem gewaltigen Donnerschlag, der von allen Bergen widerhallte, in ihre Gewitterwolke zurück.

Die arme Halla sank auf einen Stein und weinte. Wenn die Walküre ihre Drohung wahr machte und die Nornen ihr Schicksal änderten! Auf welcher Seite standen die Drachen? Stanken sie? Hroar, ein rötlich-grüner Drache mit vorstehenden Vorderzähnen segelte herbei. Vorsichtig erkundigte sich Halla, ob er wisse, auf welcher Seite die Drachen bei der Letzten Schlacht stehen würden. „Natürlich sind wir auf der Seite, die gewinnt", antwortete Hroar.

„Ist das Allvaters Seite?"

„Zerbrich dir darüber nicht den Kopf", sagte Hroar und wand sich liebevoll um den Stein, auf dem sie saß. „Allvater gibt es seit Anbeginn. Die Drachen ebenfalls. Was bis zum

Anfang zurückreicht, wird auch am Ende noch da sein. Haben dich ein paar von den Göttern durcheinandergebracht? War es dieser Loki?“

„Nein ... nein ...“

„Ich habe einen widerlichen kleinen Regenbogen am anderen Ende der verbrannten Heide gesehen ... ist einer von ihnen darauf heruntergekommen? Du würdest Allvater doch erkennen, nicht wahr?“ flüsterte er rauchig. „Er läuft in einer Verkleidung herum, hat den Hut über das eine Auge gezogen und gibt vor, ein Wanderer zu sein. Er sieht immer etwas merkwürdig aus, und er hat zwei Raben bei sich. Denen kann man nicht trauen. Wie man sagt, stehen sie auf der Seite der Menschen. Sie erinnern ihn an das, was man am besten vergißt. Baldur und Thor sind auch nicht besser. Aber wir dürfen nicht zu viel darüber nachdenken. Wir müssen tapfer sein und uns an das halten, was wir wissen: Wir sind Drachen! Du weinst doch nicht ... oder?“

„Nein“, sagte Halla und schluckte, „ich weiß, was richtig ist.“

V I E R T E S   K A P I T E L

DER HELD

Das Leben ging weiter, und Halla hörte auf, sich darüber Sorgen zu machen, was die Nornen vielleicht erfahren oder nicht erfahren haben mochten. Sie schienen jedenfalls die Fäden ihres Schicksals nicht anders zu weben. Möglicherweise wurde Steinvor nicht zu den Nornen vorgelassen, wußte nichts vom Baum Yggdrasil oder überhaupt etwas von dem, was unter Allvaters Hut vorgehen mochte. Uggis Schatz vergrößerte sich langsam, und die Schatzhöhle wurde weiter ausgegraben. Uggi arbeitete dabei mit den Klauen und Halla mit den Händen. Manchmal besuchten sie andere Drachen und besichtigten deren Schätze. Uggi gab jungen Drachen den Rat, ihren Tribut vorsichtig und systematisch einzuziehen, und obwohl auf den Feldern der Menschen Überfluß zu herrschen schien, sich nicht nur von den Herden zu ernähren, sondern auch von Rentieren, Elchen und anderem Wild. Vielleicht wollten sie Hallas Gefühle nicht verletzen, jedenfalls sprach keiner der Drachen je von der Eßbarkeit der Bären.

Wenn Drachen einen Fehler haben – und sie werden lachend gestehen, daß es so ist –, dann ist es eine gewisse Habgier, die Unfähigkeit, Zugeständnisse zu machen. Möglicherweise führte diese Neigung Ljots, eines jüngeren Drachen, zum Aufstand. Zuerst verweigerte man ihm den Tribut, und als die Bewohner der Täler, seine Untertanen, damit Erfolg hatten, verbreitete sich die Antidrachenbewegung. Es begann alles damit, daß die Männer, anstatt einen oder zwei ausgewählte Ochsen zu den felsigen Ausläufern der Weiden hinaufzuführen und sich eilig zurückzuziehen, anfingen, ihre Herden in Höhlen zu treiben und deren Eingänge mit Balken zu versperren, oder sogar Ställe aus Stein zu bauen. Ljot war kein sehr großer und kein sehr erfahrener Drache und noch nicht einmal zweihundert Jahre alt. Als er versuchte, seinen Tribut einzuziehen, stürmten ihm laut schreiend Männer mit Speeren entgegen, und ihm blieb kaum Zeit, sich davonzumachen.

Der Umgang mit Menschen ist unter anderem deshalb so schwierig, weil sie ein Laster haben: die Erfindungsgabe. Die Welt wäre für Drachen angenehmer ohne die Erfindungsgabe der Menschen, oder wenn diese in Grenzen gehalten und nur für nützliche Dinge eingesetzt werden könnte, zum Beispiel für die bessere Bearbeitung von Gold, das Fassen von Edelsteinen oder solchen Unternehmungen wie das Heranschaffen von Schätzen aus fernen Ländern in die Nähe der Drachen. Statt dessen entwickelt sich die Menschheit in eine Richtung, die den Interessen der Drachen entgegengesetzt ist. Anstelle von Flechtzäunen und Palisaden, die schon schlimm genug sind, bauen die Menschen Steinmauern. Ihre Schwerter werden schärfer, die Rüstungen wirksamer. Wie Uggi Halla oft erzählte, benutzten die Menschen in seiner Jugend gespitzte Stöcke, mit denen sie ihren Feinden dennoch grausame Wunden zufügen konnten. Die Schilde waren aus Häuten und die Schwerter aus Bronze. Aber nur in den seltensten Fällen erwies es sich als notwendig, damit in Berührung zu kommen. Pfeile waren meist unwirksam, daran änderten auch die bronzenen Spitzen nichts. Und zur Zeit von Uggis Großvater hatten die Menschen nur Feuerstein und Knochenspitzen gekannt.

Inzwischen wurden die Schwerter aus Eisen geschmiedet und waren sehr viel schärfer und haltbarer. Speere versahen die Menschen mit Eisenspitzen, und sie waren sehr viel länger und unangenehmer. Pfeil und Bogen wurden schwerer und konnten ernste Wunden zufügen. Die Rüstungen waren inzwischen besorgniserregend feuerfest. Das alles bedeutete: Die Drachen lebten praktisch schutzlos in einer grausamen Welt.

Trotzdem, man mußte standhaft bleiben. Die anderen Drachen rieten Ljot, Raubzüge zu unternehmen. Wenn nötig sollte er früh am Morgen hinunterfliegen, ein oder zwei Kinder erbeuten, die vielleicht vor den Männern aus dem Haus gekommen waren, oder eine Frau, die zum Melken auf die Weide ging. Das müßte genügen, um seine Untertanen an ihre Pflichten zu erinnern. Falls der König der Täler eine geeignete Tochter im passenden Alter hatte, könnte man andeuten, sie sei eine annehmbare Opfergabe. Danach könnte Ljot wieder unbesorgt leben, und alles wäre in Ordnung.

Entweder war Ljot unbesonnen ans Werk gegangen, oder er hatte die Barbarei und die Klugheit seiner Untertanen falsch eingeschätzt. Anstelle einer rundlichen Tochter hatte der König einen sehnigen, muskulösen Sohn. Es herrschte ein ständiges Kommen und Gehen, eine Falle wurde gestellt – ein fetter Ochse, ein Haken. Es war alles sehr traurig. Ljot hätte vorsichtiger sein sollen. Als alles vorüber war, teilten die anderen Drachen Ljots Schatz nach den alten Regeln untereinander auf und hielten eine Ratsversammlung ab. Uggi ließ sich zwar vor Halla nichts anmerken, aber er machte sich so große Sorgen wie noch nie in seinem langen Leben.

Der Rat der Drachen tagte eine ganze Nacht lang auf dem Signalhügel. Aus dem fernen Norden und Osten reisten Drachen an. Sie zogen als lange, flimmernde Funken und Streifen an den reglosen Sternen und der dünnen Mondsichel vorbei. Die Drachen aus entfernteren Gegenden hatten merkwürdige Bärte und Tentakeln; manche trugen Nachthauben oder Tücher aus Nebel. Die ältesten redeten nur in Sprichwörtern von anerkannter Weisheit, die jedoch auf die augenblickliche Situation nicht anwendbar waren. Die Großen Drachen äußerten ihre Ansichten und untermauerten sie mit Beispielen aus der Geschichte. Aus der richtigen Ausarbeitung bekannter ökonomischer Regeln ergab sich eine Politik, die einfach Erfolg haben mußte. Das Problem lag nur darin, daß die Menschheit sich nicht an diese Regeln hielt. Es folgte eine Debatte über Lockerung oder strengere Befolgung der Gebräuche, wobei man sich auf Präzedenzfälle berief. Sollte man zum Beispiel einen Massenangriff der Drachen auf die Bewohner der Täler beschließen? Damit würde man vermutlich den Menschen eine heilsame und dringend notwendige Lektion erteilen. Doch es war nur allzu wahrscheinlich, daß man damit wertvolle Drachenstärke opferte. Mit Gewißheit würde es große Unannehmlichkeiten geben. Wenn man Drachen aus den ferneren Gebieten zu Hilfe rufen mußte, würde es bestimmt nötig sein, Festgelage zu veranstalten – nicht nur mit Fleisch und solchen Dingen, sondern mit dem Besten von allem, einschließlich der Vorräte an Ingwer, Pfeffer, scharfen Gewürzen und starken Essenzen, die mit großem Fleiß und oft nur durch lange und ermüdende Flüge weit weg von den bequemen Höhlen herbeigeschafft worden waren. Es konnte sich sogar als notwendig erweisen, bestimmte Schätze zu teilen. Solche Gesichtspunkte wurden bei der Debatte zwar nur angedeutet, aber trotzdem krampfte sich den Drachen aus der Umgebung das Herz zusammen, denen vielleicht die in Jahrhunderten mühsam verdienten Ersparnisse abverlangt werden würden. Uggi dachte gequält an einen Goldbecher mit eingravierten Runen und Schiffen, der allgemein sehr bewundert worden war, und den man sicher als Beitrag von ihm fordern würde. Er dachte an das Halsband aus flach geschliffenen Rubinen, das vom König von Laxwater stammte, zu dem es nur über lange Handelswege gelangt sein konnte. Er dachte an mehrere große Bernsteine, von denen zwei in Gold gefaßt waren. Das Herz würde ihm brechen, wenn er sie weggeben müßte. Da war es doch sicher besser zuzulassen, daß die Männer der Täler eine Zeitlang triumphierten und sorglos wurden, was ganz bestimmt geschehen würde. Dann konnte Ljots Nachfolger – an der Ratsversammlung nahmen einige sehr vielversprechende junge Drachen teil – sich wieder Autorität verschaffen.

Die Ratsversammlung endete im Morgengrauen nach einem Festmahl, das die Vorräte der ansässigen Drachen betrüblich dezimierte. Eine zweite Nacht führte nicht zu besseren Ergebnissen. Die Drachen aus dem Osten beklagten sich über die Kälte, die Drachen aus dem Norden über die Hitze.

Hafr unternahm einen Erkundungsflug und berichtete, man habe dem unglücklichen Ljot schmählich die Haut abgezogen und ihn ausgestopft. Uggi kehrte müde und entmutigt nach Hause zurück. Halla fragte aufgeregt, was geschehen sei, und als Uggi es ihr berichtete, kam ihr bärenhaftes Wesen wieder einmal zum Vorschein. Sie verlangte energisch, man möge ihr erlauben, Ljot persönlich zu rächen. Sie hatte im Schatz herumgestöbert und einen prachtvollen, verzierten Goldhelm, einen Schild und ein besonders leichtes Kettenhemd mit goldenem Kragen entdeckt. Schwert und Dolch schmückten kostbare Juwelen. Halla war inzwischen groß genug, um mühelos ein Schwert zu tragen und zu schwingen. „Wenn ihr mich Halla Heldentod nennt, dann laßt mich Helden töten – und zwar auf der Stelle!“ rief sie.

Der erschrockene Uggi erklärte ihr, daß Drachenfrauen, die ohnehin sehr selten seien, zu Hause blieben und die Schätze bewachten. Also, das ist eines der alten Drachenmärchen. In Wirklichkeit sind Drachenfrauen sehr viel gefährlicher als Drachenmänner, besonders, wenn sie ein Nest voller Eier bewachen. Es wird zwar immer geleugnet, doch man weiß, daß Drachenfrauen andere Drachen töten, fressen und – noch schlimmer – sich ihrer Schätze bemächtigen. Der Gedanke, Halla könnte einen Teil seines Schatzes in einem Abenteuer riskieren, das vielleicht keinen glücklichen Ausgang nahm, beunruhigte Uggi sehr. Als Halla ihn bat, sie auf seinem Rücken in die Täler zu bringen, lehnte er ab und verbot auch Hafr, Gauk und den andern, es zu tun, selbst wenn Halla sie noch so sehr bestürmen sollte.

Er erzählte ihr jedoch von einem Punkt, den man auf der Ratsversammlung besprochen hatten. Einige Drachen behaupteten, in Mickelgard am Mittelmeer befinde sich der größte Schatz der Welt, der durch Schiffe und Armeen ständig wachse. Nach den Regeln der Geschichte und der Ökonomie mußte dieser Schatz einfach einem großen und edlen Drachen gehören. Aber niemand wußte, wer oder was in den Jaspis- und Porphyrgemächern hinter den goldenen Pfauenfedervorhängen von Mickelgard lebte. „Eines Tages", versprach Uggi, „werde ich mit dir, mein Kind, den großen Drachen von Mikkelgard besuchen, denn ich zweifle nicht daran, daß es ihn gibt."

Wieder leuchtete und funkelte die Nacht von heimwärtsziehenden Drachen. Eine Entscheidung war nicht getroffen worden; vielleicht würde sich ein so häßlicher Vorfall nicht wieder ereignen. Von nun an erwähnte niemand mehr Ljot, und bald hatte auch Halla ihn vergessen. Früher oder später entwikkelte sich natürlich alles so, wie die Großen Drachen in ihrer Weisheit vorausgesagt hatten. Die Menschen der Täler wurden stolz und sorglos. Sie entschieden, es habe nie mehr als einen einzigen Drachen gegeben, und den hatten sie getötet. Deshalb ließen sie die wachsenden Herden wieder in den Wäldern und auf den Lichtungen in der Nähe des tiefen Waldes und der Berge weiden. Es wurde deutlich, daß bald der Zustand der Überproduktion eintreten würde, und es war Zeit, daß ein Drache eingriff. Weder Gauk noch Hroar, die den Tälern am nächsten lebten, drängten sich danach, die ersten zu sein. Gewiß, der Sohn des Königs hatte sich und seine Freunde mit goldenen Armbändern behängt, die zweifellos hübsche und nützliche Stücke für jeden Schatz wären. Doch diese Männer rühmten sich auch ihrer Fähigkeiten als Speerwerfer und Bogenschützen, und wenn es ihnen gelang, einen fliehenden Hirsch ins Herz zu treffen, oder wilde Eber und Wölfe zu töten, wieviel gefährlicher war es dann für einen Drachen, der ihnen ein so großes Ziel bot, ihnen zu begegnen – ganz besonders, wenn man an die schutzlose und empfindliche Stelle hinter dem Vorderbein dachte!

Zwischen den Männern der Täler und den Männern vom Strom kam es zu einem Krieg. Ein Troll, der mit seiner Familie zu einem Festschmaus auf das Schlachtfeld gezogen war, berichtete den Drachen, daß eine beachtliche Beute gemacht worden sei; unter anderem ein goldgefaßtes Trinkhorn aus Elfenbein, das die Männer vom Strom ihrerseits von einem Raubzug mit ihren Schiffen aus dem Süden mitgebracht hatten. Außerdem berichteten sie von dem geschnitzten Thron eines Königs, mit Einlegearbeiten aus kostbaren Metallen und Emaille. Uggi fand, seiner Sammlung fehle schon seit langem ein elfenbeinernes Trinkhorn, das möglicherweise bei den Feiern der unbekümmerten, betrunkenen Männer verloren gehen oder zerbrechen konnte. Gewiß, es war ein gewisses Risiko damit verbunden, diese Kostbarkeiten zu holen, aber welches wichtige Unternehmen ist schon ohne Risiko?

Uggi begann sich auf den Ausflug vorzubereiten. Halla bestürmte ihn, sie mitzunehmen. Sie hatte inzwischen alle möglichen Techniken mit Schwert und Speer erprobt. Doch Uggi lehnte ihre Bitte ab. Schließlich erklärte Halla verärgert, es sei Zeit, daß sie anfange, einen eigenen Schatz zu sammeln. Dieses ausgezeichnete Argument stimmte Uggi nachdenklich. Aber in ihm wuchs die Gewißheit, daß er diesmal allein fliegen mußte. Wenn sein Schützling Halla beginnen wollte, einen Schatz zu sammeln (vielleicht war das tatsächlich richtig, obwohl im Grunde nur wenige Drachen es vor Ablauf ihrer ersten hundert Jahre taten), sollte sie es nicht mit dem goldgefaßten elfenbeinernen Trinkhorn aus der großen Halle des Königs der Täler tun. Diese Schmuckstück – er sah es beinahe vor sich – mußte ihm gehören!

Also flog Uggi mit all der Drachenweisheit seiner vielen Jahre davon, und der Wind ächzte in seinen Flügeln. Am nächsten Tag schleppte er sich mit einem lahmen Flügel nach Hause und zog eine Blutspur hinter sich her. In der verwundbaren Stelle hinter dem Vorderbein steckte ein abgebrochener Speer. Halla tat, was sie konnte, aber ihr Zauberkästchen half ebensowenig wie ihre Tränen. Der arme Uggi lag kraftlos und frierend in der Höhle; sein Lebensfeuer war fast erloschen, und er erstickte beinahe an der Asche in seinem Hals. Einen Tag später entdeckten sie am Fuß des Drachenbergs eine brutale Meute von Plünderern, angeführt vom Sohn des Königs der Täler, den seine Gefährten inzwischen Held und Drachentöter nannten. Es war ein schrecklicher Anblick. Die Männer folgten der Blutspur und kletterten unermüdlich über die Felsen nach oben. Halla half Uggi tiefer in die Höhle. Dann legte sie wütend und entschlossen die Rüstung an und griff nach dem Schwert. Uggi stöhnte und blutete. Sie schlang ihm die Arme um den Hals, doch er merkte es kaum. Ihm blieb nur noch wenig Zeit, und deshalb konzentrierte er sich auf das Wesentliche. Nur der Schatz zählte. Er bedeutete Halla schwach, seine Flügel darüber zu breiten und seinen Kopf so zu richten, daß er wenigstens den ersten Angreifer mit der letzten Flamme, die in ihm war, verbrennen könnte.

Weinend erfüllte Halla ihm diesen Wunsch und stürmte dann wie ein Bär den Abhang hinunter, den Angreifern entgegen. In ihrem Zorn schien alles von Flammen umsäumt zu sein. Sie verwundete einen der Männer, ehe man sie entwaffnete und zu Boden warf. Geübte Hände streiften ihr das Kettenhemd mit dem goldenen Kragen ab und fesselten sie. Man ließ sie einfach auf der Erde liegen. Sie knurrte und fauchte vor Empörung. Sie sah Uggis Tod nicht, sondern nur den Lichtschein, und hörte das schwächer werdende Pfeifen, mit dem das letzte Feuer in ihm erlosch. Dann wankten die Mörder beladen mit Schätzen aus der Höhle.

Man schleppte Halla zum Feuer, das die Männer entzündet hatten, um sich ihr Mahl zuzubereiten. Der Königssohn, inzwischen zwar leicht versengt und rußig, schmückte sich mit Gold – oh wie gut kannte Halla die geliebten Armreifen und Krägen –, und er beschenkte seine Freunde, genau wie man ihr erzählt hatte. Der Königssohn sah sie lachend an und fragte sie nach ihrem Namen. Sie nannte sich Halla Bärenkind, da sie vor Scham ihren anderen Namen nicht über die Lippen brachte. „Man sieht, daß du das Leben der Bären kennst“, sagte er. „Nach dem Essen werde ich dir das Leben der Frauen zeigen.“ Er stieß seinen Speer in eine Felsspalte, und man band Halla mit ihren langen goldenen Haaren daran fest. Während des Essens warf man ihr Knochen zu, während sie um Uggi und um sich weinte. Sie war nun gefesselt wie die Prinzessin in den Geschichten, aber leider nicht, um einen Drachen zu erwarten. Als es dämmerte, kam leise ein Einhorn herbei und legte seine samtige Schnauze wie zum Abschied traurig in ihre gefesselte Hand. Eine Trollfamilie kroch auf schwieligen Knien in die Höhle, und Halla wußte, sie würden sich über das frische Drachenfleisch hermachen. Die Räuber tranken in vollen Zügen den Wein, den sie mitgebracht hatten. Der Königssohn erhob sich, während die anderen jubelten und sangen, wie man bei solchen Gelegenheiten Helden zujubelt. Er stürzte sich auf Halla wie ein Bär auf ein Rehkitz mit gebrochenen Läufen.

Doch als Halla in Erwartung seiner Berührung aufschrie, dröhnte es am Himmel. Das Dröhnen kam näher, immer näher, so daß unten am Boden alles erstarrte: das donnernde Rauschen von Flügeln, eine züngelnde, heiße Flamme, ein gezackter Schweif. Er fegte den schwankenden Helden beiseite, ein Biß zerbrach den Speerschaft aus Eschenholz, Klauen packten zu, und Halla wurde im letzten Augenblick von einem Drachen gerettet!

FÜNFTES KAPITEL

DER SCHATZ

Gauk rettete Halla aus Treue zu seinem alten Freund und Vetter. Er trug das ohnmächtige Mädchen in seinen starken Klauen zum Verdorrten Wald, wo er zwischen verbrannten und toten Baumstämmen, verkohltem Laub und Gras seine Höhle und seinen Schatz hatte. Allerdings war dieser nicht so groß wie Uggis Schatz. Halla bewunderte ihn pflichtschuldig, wenn auch innerlich noch völlig aufgewühlt und nicht ganz bei der Sache. Ihren Schatz, das Schwert, den Helm, den Dolch und das Panzerhemd, hatte man ihr genommen. Finger und Handgelenke, von denen die Helden ihr Ringe und Armbänder gezerrt hatten, schmerzten noch immer. Eine dünne Goldkette mit einem geschliffenen Edelstein an ihrem Hals hatten die Barbaren übersehen, aber Halla hielt es für richtig, sie Gauk zu schenken.

Etwas später, als die Männer sich bereits in sicherer Entfernung befanden, wagten die beiden sich zurück. In den dunkleren Spalten der Höhle war einiges zurückgeblieben: ein paar Perlen, ein Rubinring, dünne Goldmünzen, die beinahe unter Moos verschwanden, ein zerbrochener Armreif, ein aufgerissenes und weggeworfenes beinernes Kästchen. Dies alles wurde unter Uggis Vettern aufgeteilt. Halla hätte auch gerne etwas gehabt, aber man bot ihr nichts an. Uggis Überreste lagen zum Teil in der Höhle und zum Teil vor der Höhle. Die Wölfe holten sich, was die Trolle übrig gelassen hatten. Es war nicht mehr viel da außer ein paar Hautfetzen, dem Schädel mit den Zähnen und den Klauen. Halla steckte eine der Klauen in die Falten ihres zerrissenen goldenen Kleides. Sie dachte: Jetzt sollte ich eigentlich Halla Drachenbeweinerin heißen. Plötzlich erinnerte sie sich an den Großen Drachen von Mickelgard, und sie sagte sich, früher oder später müsse sie sich auf den Weg nach Mickelgard machen.

Nach einiger Zeit erzählte sie es Gauk, doch er wußte auch nicht mehr als die anderen. Er warnte sie nur, denn ihr Weg würde sie durch das Gebiet der Menschen führen, und möglicherweise war die Begegnung mit einem Helden unvermeidlich. Halla fragte sich, was sie tun sollte. Ihr Leben schien einen Riß bekommen zu haben, und in gewisser Hinsicht fühlte sie sich nicht mehr so drachenhaft wie zu Uggis Lebzeiten. Die Mörder des alten Drachen schienen auch ihr Drachenwesen getötet zu haben, und dafür haßte Halla diese Barbaren noch mehr. Oder hatte Steinvor den Nornen von ihr erzählt, und sie spannen ihr nun ein anderes Schicksal? Halla versuchte all die kleinen Zauberkunststücke, die man sie gelehrt hatte, doch sie waren kindisch und nutzlos. Nur wenige Drachen beherrschten die wahre Zauberkunst.

Eine Zeitlang dachte sie daran, zu den Bären zurückzukehren, und sie suchte im Wald nach ihnen. Sie schloß sich ihnen mühelos beim Suchen nach Bienennestern oder Pilzen an, aber ansonsten konnten sie nicht viel miteinander anfangen. Die Bären sangen nicht einmal den Mond an, wie die Wölfe es taten. Befand sich Matulli, ihre Amme, immer noch unter ihnen? Wenn ja, dann war Matulli inzwischen so bärenhaft geworden, daß sie ihren Schützling vergessen hatte, und Halla konnte sich nicht mehr an den Geruch der Matullibärin erinnern, der ihr einmal soviel bedeutet hatte.

Danach wanderte sie einige Zeit allein durch den Wald. Sie lebte von Vogeleiern und Mäusen, Beeren, Nüssen und Wurzeln, also der Nahrung der Bären. Sie unterhielt sich mit allen Vögeln und Tieren, deren Sprache sie kannte; aber ihrem Leben fehlte der Ernst und vor allem die Erinnerung. Halla war an die Jahrhunderte der Drachen gewöhnt, für die jedes Jahr vielleicht durch einen Neuerwerb denkwürdig werden konnte und die beherrscht wurden von langfristigen Plänen zur Verbesserung der Ordnung in der Beziehung zwischen

Drachen und Menschen. Vögel hatten keine Erinnerung, obwohl die Erinnerung sie zwang, blind und bereitwillig merkwürdige Dinge zu tun; sie schickte sie auf Reisen über viele tausend Meilen und durch alle möglichen Gefahren, sie legte Luftwege zu und von ihren Nestern fest, und wenn man die Nester nur ein kleines Stück von ihrem Platz verrückte, verhinderte die Erinnerung unbarmherzig eine winzige Änderung, die ihre kalten Eier oder die neugeschlüpften Jungen hätte retten können. Das war keine Welt für Halla, obwohl sie erfüllt war von unmittelbaren körperlichen Empfindungen, die die Erinnerung in beglückendes Tun und bezaubernde Lieder übersetzte. Die Drachen sangen nicht, und Halla hatte nie gesungen. Nun ahmte sie die Vögel nach, versuchte, die Erinnerungslieder zu wiederholen und zu beantworten. Doch trotz all dieser Schönheit wollte und konnte sie kein Vogel sein.

Danach lebte sie eine Weile zufrieden mit den Eichhörnchen, die auch Schätze hatten, die arbeiteten, jagten und Verstecke anlegten. Aber es geschah alles ohne Plan und Überlegung. Die Erinnerung hielt auch sie gefangen. Das galt für die anderen Sammler des Waldes, die Mäuse und Hamster ebenfalls. Sie wirkten sehr geschäftig, aber es war eine Geschäftigkeit von Pfoten und Zähnen, nicht des Kopfes.

Inzwischen war es wieder Herbst geworden. Die Erinnerung schickte die Bären in einen langen Schlaf, färbte das Fell von Hasen und Füchsen weiß. Für Halla wurde es Zeit, zu Gauks Höhle im Verdorrten Wald zurückzukehren, denn nur dort war sie zu Hause. Doch sie zögerte. Sie war nicht Teil von Gauks Schatz, der sie außerdem nicht so beeindruckte wie Uggis Schatz. Sie wußte auch nicht ganz genau, ob sie willkommen sein würde. Die dummen Einhörner mit ihren schweren Köpfen weideten unter den herabhängenden goldenen Birkenzweigen; Halla ritt einige Zeit auf einem von ihnen; die Reste ihres kurzen goldenen Kleides schimmerten auf dem weißen Fell wie die Birkenblätter. Sie wünschte, sie würde Steinvor, der Walküre, begegnen. Vielleicht würde sie Steinvor jetzt begleiten.

Plötzlich wieherte das Einhorn, scheute und hätte sie beinahe abgeworfen. Halla klammerte sich an seiner Mähne fest, sprach beruhigend auf das Tier ein und lauschte. Sie hörte Stimmen, und Rauch zog durch die Luft. Das Einhorn zitterte. Sie trieb das Tier unter eine Eiche, griff nach einem Ast über ihrem Kopf und kletterte wie ein Eichhörnchen auf den Baum, während das Einhorn mit gesenktem Kopf davongaloppierte.

Hoch oben auf einem Ast der Eiche sah sie weit über den unebenen Boden und das Gebüsch hinweg und entdeckte etwa zwanzig bis dreißig Männer, die um ein Lagerfeuer saßen. Auf der einen Seite standen Rinder, die ängstlich die Köpfe hochwarfen und blökten. Ein paar berittene Männer umkreisten sie und schlugen ihnen über die Augen, wenn sie versuchten davonzulaufen. Halla entdeckte auch drei Frauen, die man so gefesselt hatte wie sie einst. Nur konnten diese Frauen kaum damit rechnen, von einem Drachen gerettet zu werden. Halla blieb regungslos auf ihrem Ast und beobachtete, was geschah. Sie sah, wie die Männer aufsprangen, zu ihren Speeren und Äxten rannten und sie ergriffen; erst dann entdeckte sie eine andere Schar Männer, die auf dem Hügelkamm auftauchte und zum Angriff im Heideland ausschwärmte.

Halla beobachtete den Kampf und hoffte, daß möglichst viele Männer getötet würden. Die Rinder stürmten davon, die Frauen schrien und zerrten an ihren Fesseln. Die Sonne, die bis jetzt auf den erhobenen Streitäxten und Schildern gefunkelt hatte, verschwand plötzlich hinter Wolken, und mit einem Donnerschlag sprang das Pferd einer Walküre vom Himmel. Bei der Eiche verharrte es in der Luft; Steinvor hielt die Zügel locker in den Händen, blickte herüber und beugte sich zu Halla. „Paß auf, wie ich ihn hole!“ sagte sie. Dann kreiste sie über dem Kampfplatz, stieß einen durchdringenden Schrei aus, preßte dem Pferd die Fersen in die Flanken und schoß hinab. Sie beugte sich aus dem Sattel, packte einen Mann, der gerade zu Boden sank, und zog ihn auf das Pferd. Sein Kopf fiel schlaff zur Seite, und aus einer großen Wunde am Hals schoß das Blut. Das Pferd flog zu Hallas Eiche. Sie betrachtete den Toten und sah mit Genugtuung, daß es ihr Held war, der Sohn des Königs der Täler. Halla hoffte, daß die Wunde ihn geschmerzt hatte, ehe er gestorben war.

„Saubere Arbeit", prahlte Steinvor mit geröteten Wangen und leicht zerzausten roten Locken. „Ich habe ihn erwischt, noch ehe er auf der Erde lag. Allvater wird mich zum Feldwebel befördern!"

„Er trägt Dinge aus unserem Schatz!" rief Halla plötzlich. Es schnürte ihr die Kehle zu, und ihr Herz schlug heftig.

„Willst du das Zeug?" fragte Steinvor.

„Natürlich", erwiderte Halla, „es gehört alles uns."

„Nimm es", sagte Steinvor, „in Walhall kann er soviel davon haben, wie er will."

„Wirklich?" fragte Halla. „Wie das?"

„Ach, Allvater verteilt es nach den Mahlzeiten. Natürlich sind es keine wirklichen Dinge. Aber das darf der da nicht wissen. Sie essen ja auch nicht wirklich oder bekommen wirkliche Frauen. Aber das weiß keiner von ihnen und wird es auch nie wissen. Hier, nimm das Zeug." Steinvor zog ihm die Armreifen erst von einem Arm, dann vom anderen und reichte sie Halla. Die leblosen Arme fielen schlaff zurück. Halla schob die Armreifen vorsichtig über einen kleinen Zweig.

„Willst du auch den Kragen?" fragte Steinvor. „Er ist über und über mit Blut verschmiert."

„Es ist nur Menschenblut", sagte Halla verächtlich. „Gib ihn mir." Ja, das hatte sie sich schon gedacht. Der Kragen war der Stolz von Uggis berühmter Sammlung goldener Krägen mit Wolfsköpfen an den Enden gewesen; er hatte im Hintergrund der Höhle in einer moosbewachsenen Nische geglänzt und gefunkelt. Sie würde ihn säubern und wieder polieren. „Die Ringe auch", sagte sie.

Das Pferd wurde unruhig; die Last machte das Verharren auf einer Stelle schwierig. Aber Steinvor streifte folgsam die

Ringe ab und warf sie, noch klebrig vom Heldenblut, Halla zu. „Du bist eben doch eine gierige kleine Drachenbrut“, sagte sie, wischte sich die Finger an den Federn ihres Pferdes ab und verschwand in ihrer Gewitterwolke.

Einer der Ringe war durch die Zweige zur Erde gefallen. Schnell, schnell, ich muß ihn holen, dachte Halla, kletterte hinab und scharrte wie ein Eichhörnchen im welken Laub. Sie entdeckte das funkelnde Gold, sprang mit einem Satz an die Stelle und hielt den Ring in der Hand. Dann sauste sie wieder den Baum hinauf, wobei ihr zerfetztes schimmerndes Kleid noch mehr Risse bekam. Auf ihrem sicheren Ast betrachtete sie das Gold. Dann schweifte ihr Blick wieder zu dem Kampf, der inzwischen beinahe vorüber war. Die Angreifer hatten gewonnen; sie hatten die Männer aus den Tälern verjagt und ihre Frauen befreit. Sie trieben gerade ihre Rinder zusammen. Schließlich verschwanden sie hinter dem Hügel. Halla kletterte vorsichtig zur Erde. Endlich hatte sie die ersten Stücke für einen eigenen Schatz.

Aber was nun? Sollte sie zurück zu Gauk und seiner Höhle im Verdorrten Wald? Zweifellos bot Gauks Höhle Sicherheit. Konnte sie es ertragen, ihre Beute zu teilen? Sie rieb die Schätze mit Moos und Eichenblättern ab, bis keine Spur und kein Geruch von Menschenblut mehr an ihnen haftete. Nein, nein, sie konnte nicht teilen – nicht, nachdem Uggi tot war. Der Schatz gehörte ihr; sie hatte das Anrecht darauf damals unter Schmerzen und Angst erworben und war für ihre Vernunft belohnt worden. Er mußte in Sicherheit, in Sicherheit gebracht werden! Wo gab es eine Höhle? Wo gab es auch nur einen hohlen Baum oder das Lager eines Bären unter Felsen?

Halla legte das Gold an. Das war die sicherste Art, es zu tragen. Die scharfkantigen Plättchen an den Stellen, wo der Kragen in die Wolfsköpfe überging, preßten sich in das Schlüsselbein, so daß sie den Kopf stolz erhoben tragen mußte, wie es beabsichtigt war. Die Reifen hingen schwer an ihren Armen und erinnerten sie damit ständig an das Gold. Die funkelnden, glühenden Steine der Ringe leuchteten wie junge Pilze auf dem Schmutz ihrer Bärenpfoten mit den schwarzen Fingernägeln. Sie mußte eilen, eilen, eine Höhle finden, ihren Schatz dort verstauen und ihn bewachen!

Plötzlich hatte sie Hunger. Sie sehnte sich nach Drachennahrung, nach scharfem Fleisch, Gewürzen und Ingwer. Wenn sie erst eine Höhle hatte, würde sie das alles haben; dann konnte sie Tieren und Menschen auflauern. Halla begann zu laufen, suchte fieberhaft nach einer Steilwand, nach herabgestürzten Felsbrocken, nach einem Flußbett, an dessen Ufer es Höhlen geben mochte. Das Herz pochte heftig gegen die Rippen, ihr Blick trübte sich, der Atem ging schwer, der Schatz lastete auf ihr.

Wenn doch nur ein Einhorn auftauchen würde. Dann könnte sie reiten. Aber nein, das Einhorn würde vielleicht einen Anteil an ihrem Schatz fordern! Einhörner interessieren sich nicht für Schätze. Dieses Einhorn wäre vielleicht eine Ausnahme! Angenommen, sie begegnete den Trollen? Trolle würden möglicherweise alles haben wollen. Trolle hatten Uggi gefressen; möglicherweise würden sie auch Halla fressen, sie bestehlen und das Gold wegwerfen! Ein Riese – seit Monaten, vielleicht Jahren hatte sie keinen Riesen mehr gesehen. Aber war es deshalb nicht um so wahrscheinlicher, daß jetzt einer auftauchen würde? Er könnte auf sie treten und die Armreifen zerbrechen! Oder die Zwerge – wenn die Zwerge das glitzernde Gold sahen – die Zwerge fürchteten Drachen. Aber würden sie sich auch vor Halla fürchten? Angenommen, sie fand eine Höhle. Woher sollte sie dann wissen, daß es sich nicht um den Eingang zu einer Goldmine der Zwerge handelte? Die Zwerge konnten auftauchen, während sie schlief. Oh, sie durfte jetzt nie mehr schlafen, sie mußte wachen und auf der Hut sein!

T E I L Z W E I

DER WANDERER

Inzwischen war es Abend, und ein leichter Frost ließ das gefallene Laub erstarren und Erde und Moos hart werden. Halla hatte immer noch keine Höhle, keinen Schutz gefunden. Früher hatte sie sich deshalb nie Sorgen gemacht. Sie hatte zwischen den Bären geschlafen, auf dem Farnpolster eines Fuchsbaus oder gewärmt von zwei Rentierkälbern. Jetzt schien der Wald plötzlich leer zu sein. Sie stolperte schluchzend und beladen weiter, immer weiter; der goldene Kragen schnitt ihr in den Hals. Allmählich wurde es dunkel.

Halla blieb gerade noch rechtzeitig stehen, sonst hätte sie den schweren, nachtblauen Mantel berührt; etwas höher entdeckte sie den breitkrempigen Filzhut, der das eine Auge überschattete – die bekannte Verkleidung, die nur Einer trug, und die deshalb keine Verkleidung war. Halla kauerte sich im Laub zusammen. Sie fürchtete sich vor so vielem. Hatte sie vergessen, IHN zu fürchten? Doch wie kam es, daß sie den Pfad des Wanderers kreuzte? Das geschah nur, wenn es beabsichtigt war.

„Setzen wir uns, mein Kind", sagte der Wanderer freundlich und wies auf einen gestürzten, moosbedeckten Baum. Halla wagte nicht, den Kopf zu heben und ihm ins Auge zu blicken. Aber in seiner Stimme lag etwas, das sie traurig und gleichzeitig tröstlich an den alten Uggi erinnerte. Sie setzte sich und bemerkte, daß der Baum quer vor dem Eingang einer Höhle lag; so eine hatte sie gesucht – eine kleine, trockene, anheimelnde Höhle hinter Farn verborgen, mit schönen Nischen für die Aufbewahrung von Kostbarkeiten. Halla sehnte sich nach dieser Höhle und spürte, wie kalt ihr war. Da spürte sie, wie eine Falte von Allvaters Mantel sich warm um ihre Schultern legte, und roch in der Dämmerung etwas Eßbares auf ihren Knien. Sie konnte nicht sagen, was es war, sondern nur, daß es gut schmecken mußte. „Iß erst einmal!" sagte Allvater. Und Halla aß wie eine Maus alles bis auf den letzten Krümel auf und leckte sich leise die Finger ab. Es war weder Drachen- noch Bärennahrung, aber trotzdem das, was sie sich wünschte.

„Nur mit leichter Last erreicht man Mickelgard", sagte Allvater, „es ist ein weiter Weg."

Jetzt wagte Halla, den Kopf zu heben. Ihr Blick fiel zuerst auf die Hand, die den Mantel über dem Knie zusammenhielt – und natürlich war es die Hand eines Helden, eines Schwertschwingers und Speerwerfers. Aber es war auch eine Bärentatze und eine Drachenklaue. Und als sie länger darauf blickte, schienen Federn daraus zu sprießen, schien sie sich zu einem Huf zu verhärten; ja, sie schien sich für alle Aufgaben zu eignen, die es in der Natur gab. An den Fingern steckte kein Ring, und um das Handgelenk lag kein Armband. „Werde ich Mickelgard erreichen, Allvater?"

„Wer in Höhlen lebt, stirbt in Höhlen", sagte Allvater, „die Liebe des Wanderers gehört den Wanderern."

Halla hob den Kopf noch etwas höher, bis sie in der hereinbrechenden Dunkelheit beinahe das Gesicht sehen konnte, und seinen Mund, den Allvater geschaffen hatte, um Worte der Güte und Weisheit zu seinen Kindern zu sprechen, das Auge, das er geschaffen hatte, um auf sie zu blicken, die Gestalt, mit der er sich umgab, damit sie ihn nicht fürchteten. Dann sagte sie so leise, daß sie selbst kaum wußte, ob sie überhaupt gesprochen hatte: „Es ist besser, die Liebe des Wanderers zu besitzen, als ein Drache zu sein." Sie begann mit einer Hand die Ringe von den Fingern der anderen abzustreifen und ließ sie auf die Erde gleiten. Leicht, so leicht waren ihre Arme, als das Gewicht des Goldes von ihnen abfiel. Das Kinn strich so sanft über die Schulter, als der Kragen zur Erde fiel.

Nach einer Weile legte der Wanderer das Gold, das ihr Schatz gewesen war, in die Höhle, rollte mit einer Hand einen großen Felsen vor die Öffnung, zog ein dichtes Gewirr dorniger Brombeerranken und stachliger Schlehenzweige darüber, und es war, als sei dort nie eine Höhle gewesen. Dann hielt der Wanderer die linke Hand über das Auge und hob die rechte. Aus dem dunklen Wald flog der Rabe herbei, der die Zukunft sah, ließ sich auf Allvaters Hand nieder und flüsterte in sein Ohr. Als er das getan hatte, sagte Allvater: „Siebenmal sieben Menschen-Generationen wird der Felsen vor der Höhle stehen. Dann wird kommen, was kommen wird. Und je nachdem, wie man das Gold benutzt, wird es helfen oder schaden, wird es Frieden bringen oder Blutvergießen." Er wandte sich um und zog den Mantel enger um sich. „Mache dich unbeschwert auf den Weg, mein Kind, so unbeschwert wie der Wanderer, und seine Liebe wird dich begleiten."

Mit beiden Händen setzte er sie auf den Rücken eines Einhorns, schnitt ein Stück aus seinem nachtblauen Mantel und legte es ihr um die Schultern. Halla hielt sich an der Mähne fest, und das Tier lief mit ihr durch die frostige Nacht. Halla saß warm, benommen und sicher auf seinem Rücken. Sie ritt unbeschwert, ohne zu wissen, wie sie dorthin gelangen würde (wohin auch immer sie unterwegs war), oder was sie dort wollte. Das Einhorn lief schnell wie der Gedanke des Wanderers durch Wälder und Sümpfe. Halla nahm wahr, wie zahllose Bäume und Felsen unter dem schaukelnden Mond an ihr vorüberzogen, und einmal sah sie ohne Erschrecken, daß das Einhorn durch eine endlose Wasserwüste schwamm, in der man kein Land sah. Manchmal blinkten einen Augenblick lang schwach die Lichter von Hallen und Häusern auf, dann wurde es wieder dunkel. Und als der Morgen kam, wußte Halla, daß sie unendlich fern von dem Land war, in dem sie gelebt hatte. So mag es jenen ergehen, die unbeschwert reisen. Halla war sich keineswegs sicher, ob dies wirklich der Morgen nach dem Abend war, an dem sie den Wanderer getroffen hatte, oder ein anderer Morgen.

Sie schien sich in einem weiten Land mit hohem, wogendem Schilf zu befinden. Im Morgengrauen sah sie Schwärme von Gänsen und Kranichen. Das Einhorn war verschwunden. Vor ihr wand sich ein schmaler, versteckter Pfad durch das Schilf. An seinem Ende stieß sie auf träges, langsam fließendes Wasser und entdeckte ein leichtes Boot aus Häuten, die über ein Gerippe aus Weiden gespannt waren. Sie stieg hinein; es löste sich vom Ufer und trieb im nächsten Augenblick in der Strömung dahin. Im Boot fand sie ein Paddel. Es dauerte lange, ehe sie zuerst lernte, sich im Boot zu bewegen, ohne daß es zu kentern drohte, und dann das Paddel zu benutzen. Inzwischen war es spät am Morgen – sei es an diesem Tag oder an einem anderen. Der schlammige, gewundene Wasserlauf hatte sich mit anderen vereinigt, und zusammen bildeten sie einen langsam fließenden Fluß.

In einer Falte des Mantels fand sie zu essen, und Wasser gab es genug. Tag und Nacht trieb sie dahin, wachte und schlief. Ihr Geist war klar. Sie fühlte sich nur ein wenig traurig und einsam. Sie war weder Drache noch Bär. Bis vor kurzem hing noch versteckt zwischen ihren Brüsten eine harte, spitze Drachenklaue. Irgendwo an Land oder auf dem Wasser war sie verlorengegangen. Aber das war nicht die richtige Art, sich an Uggi zu erinnern. Frühmorgens im Nebel und im leichten Regen weinte sie um ihn. Aber die Sonne trocknete nicht nur die Regentropfen auf dem Mantel, sondern auch ihre Tränen. Da sie die Finger ins Wasser hielt, wurde die Erde der Wälder auf der Haut und an den Nägeln abgewaschen. Sie erinnerte sich daran, daß sie einmal einen Schatz besessen hatte, sehnte sich aber nicht mehr danach. Sie vertraute dem Wanderer.

Der flache, breite Fluß wand sich zwischen Sümpfen oder sandigen Steilufern dahin. Vögel flogen dicht über das Wasser, in dem sich die Fische tummelten. Er schien anfangs der aufgehenden Sonne und dann der Mittagssonne entgegen zu fließen, die von Tag zu Tag heißer brannte und höher am Himmel stand. Auf Lichtungen, wo das Land bestellt wurde, sah sie Hütten, in deren Nähe Kühe weideten. Am Ufer lagen Boote und Netze, mit denen die Männer im Fluß fischten. Die Männer riefen und winkten zu dem kleinen Boot hinüber. Halla fürchtete sie nicht und haßte diese Menschen nicht, denn sie schienen nur friedlich ihren menschlichen Beschäftigungen nachzugehen, ohne größere Wünsche und schwerere Lasten zu haben, als sie tragen konnten. Halla verstand ihre Sprache – das verdankte sie entweder dem Drachenblut oder dem Mantel des Wanderers. Hin und wieder lenkte sie das Boot mit dem Paddel ans Ufer, wo man ihr zu essen gab und ihr Neuigkeiten über die Ernte, über die Herden, über Leben und Tod berichtete, die sie in die nächste Siedlung mitnahm, wo man sie willkommen hieß. Männer und Frauen arbeiteten den ganzen Tag, aber abends tanzten sie im Reigen und sangen. Ihre Stimmen klangen klar und traurig über das Wasser.

Und so trieb sie allmählich den Dnjepr bis nach Kiew hinunter, das an einem hohen Steilufer und in einer Flußbiegung lag. In Kiew gab es Reichtümer und einen Fürsten. Es gab Reiter, kostbarstes Gold, Juwelen und einen Markt. Der Mantel des Wanderers besaß die Macht, daß die Menschen Halla vertrauten, und weil sie ihr Vertrauen schenkten, waren sie freundlich. So kam es, daß eine Gruppe von Kaufleuten, die in einem breiten Schiff mit Segeln und Ruderern nach Mickelgard aufbrachen, Halla aufforderten, sie zu begleiten. Als Gegenleistung wusch, nähte und putzte Halla. Als sie außerdem noch die kleinen Zauberkunststücke vorführte, an die sie sich noch erinnerte, waren alle zufrieden; sie glaubten, Halla stehe unter dem Schutz eines Gottes. Die Gesellschaft hatte sich erst in Kiew zusammengefunden und dort ihre Handelsgeschäfte abgewickelt. Die Kaufleute verehrten die unterschiedlichsten Götter, die sie auf ihre Art um Glück in der Hoffnung auf Reichtum und Sicherheit anbeteten.

Halla hörte ihnen zu, wenn sie über Mickelgard sprachen. Einige waren schon dort gewesen, andere noch nicht. In der Mitte der Stadt stand offenbar ein Palast, in dem man einen ganzen Sommertag lang von Saal zu Saal gehen konnte, ohne dabei zum ersten zurück zu gelangen. In diesen Sälen gab es alle erdenklichen Dinge. Da gab es goldene, juwelenbesetzte Vögel, die wunderbarerweise sogar die Flügel ausbreiteten und sangen. Es gab seltene Speisen und köstliche Düfte, seltsame Tiere an goldenen Ketten und Lampen, die die Nacht zum Tag verwandelten. Im innersten Saal befand sich der Purpurgeborene, und auf Befehl des Purpurgeborenen geschah alles. Auf sein Wort hin wurden Feste gefeiert, wurde getanzt, fanden Wagenrennen statt oder die Kämpfe wilder Tiere, vollführten sanft lächelnde Frauen liebliche Bewegungen. Das ist also der Große Drache von Mickelgard, dachte Halla, die zwischen Hunden und Falken auf dem Schiffsdeck saß und lauschte. Und wirklich, man schrieb dem Purpurgeborenen Dinge zu, die man keinem Menschen hätte zutrauen können. Nichts war zu eigenartig, als daß es sich nicht hätte in den Mauern der Stadt ereignen können, zu der sie unterwegs waren.

Während sie zwischen den hohen, braunen Steilufern den Fluß hinabsegelten, unterhielt Halla sich mit den Hunden. Die meisten trauerten um ihre Herren, die sie verkauft hatten, selbst wenn sie auch grausam gewesen sein mochten. Die Hunde sehnten sich danach, beim Laufen ihre Muskeln zu strecken und mit ihren Nasen den Geruch der nahen, verängstigten Beute aufzunehmen. Halla sprach mit einem großen Falken aus dem Norden, dessen Augen auch unter der Haube, die sie bedeckte, hinter den von Vögeln erfüllten Wäldern die fernen, schneebedeckten Gipfel und hin und wieder die Feuersäule eines Drachenatems sah. Sie unterhielt sich mit Pferden, die für Rennen gezüchtet und ausgebildet worden waren. Die Pferde verabscheuten das Meer und ihre Gefangenschaft, das verdorbene, schlecht riechende Futter und das schale Wasser. Sie schlugen aus und bissen, wo sie nur konnten. Alle diese Tiere reisten als Ware in den Süden – auch die angeketteten Sklaven, vor denen Halla sich fürchtete, und die ihr mißtrauten. Den Tieren erzählte Halla, sie würden in Zukunft neuen und gütigeren Herren dienen und vielleicht sogar den Großen Drachen von Mickelgard, den Purpurgeborenen, sehen. Sie würden ihre Glieder und Kräfte gebrauchen und wieder zufrieden sein. Die Tiere erzählten ihr, wenn sie krank oder verletzt waren, und oft konnte Halla ihnen helfen.

Sie ließen die Mündung des breiten Stroms hinter sich. Langsam verschwand die Küste, und nun blähten sich die Segel wie große Drachenflügel. Halla hielt es nicht für wahrscheinlich, daß es in diesem Meer Seejungfrauen gab, hielt jedoch am Anfang nach ihnen Ausschau. Sie wußte, daß man ihnen kein Wort glauben durfte, das sie sprachen oder sangen. Aber es zeigte sich keine Seejungfrau. Das Schiff lief einen Hafen nach dem anderen entlang der Küste des Schwarzen Meeres an. Die Händler kauften und verkauften, machten Gewinne und freuten sich. An einem Ort namens Marob nahmen sie drei Männer an Bord, die nachts verstohlen zum Ankerplatz gekommen waren und mit dem Kapitän verhandelt hatten, damit er ihnen einen kleinen Platz einräumte, wo sie ihre Mäntel und Bündel ablegen konnten. Sie wirkten ängstlich und furchtsam, und doch schienen es gute Männer zu sein. Nur einer von ihnen sprach griechisch, aber nicht sehr gut. Halla, für die alle Sprachen wie eine waren, redete sie in ihrer Muttersprache an. Die Männer wunderten sich darüber. Nachdem sie an Bord gekommen waren und das Schiff davonsegelte, erkundigten sie sich lange und eingehend bei ihr, wieso sie ihre Sprache beherrsche. Dann fragten sie Halla, ob sie in Mickelgard bei ihnen bleiben und ihre Stimme sein würde, wenn sie mit den Griechen sprachen.

Halla erklärte sich dazu bereit. Ja, das würde sie tun. Weshalb auch nicht? Sie fragte die Männer, ob sie hofften, den Großen Drachen zu sehen. Sie sagten ja, das wollten sie. Sie kamen aus einem Land, in dem es keine Drachen gab. Aber nach allem, was sie wußten, war es möglicherweise richtig, so von dem Purpurgeborenen zu sprechen. Sie mußten zu ihm gehen, um sich über die Tyrannei des Mannes zu beklagen, den er zum Herrscher über sie bestimmt hatte. Wenn sie dem Purpurgeborenen erst einmal gegenüberstanden und ihm von den Untaten seines Statthalters berichteten, würde alles gut sein. Denn war er nicht der Herrscher über die Welt, den Gott eingesetzt hatte? Von da an glaubte Halla, der Purpurgeborene sei wahrscheinlich ein Mensch und kein Drache.

Die Männer aus Marob handelten im Auftrag ihres Volkes. Sie taten es im Geheimen. Sie wußten, wenn der böse Statthalter davon erfuhr, was höchstwahrscheinlich der Fall war, würde es denen schlecht ergehen, die sie zurückgelassen hatten. Einer der Männer, er hieß Tarkan Der und war der jüngste, saß, das Kinn in die Hand gestützt, an Deck und starrte über das Wasser. Er dachte über diese unheilvollen Möglichkeiten nach; er dachte vor allem an eine junge Frau und an das, was man ihr antun würde, wenn die Dinge sich schlecht entwickelten. Die beiden anderen, die etwas älter waren, versuchten ihn zu beruhigen. Sie sagten, diese junge Frau stehe wie alle Zurückgebliebenen unter Gottes Schutz, und niemandem werde ein Leid geschehen, wenn es nicht Gottes Wille sei. War es kein Zeichen Gottes, daß man ihnen dieses Wesen, das sich Halla nannte, geschickt hatte? Denn entweder war sie ein Engel, oder ein Engel mußte sie die Sprache von Marob gelehrt haben, da Halla sie anders nicht hätte lernen können.

ZWEITES KAPITEL

MÄNNER OHNE SCHÄTZE

Schließlich erreichten sie die große Stadt an der Meerenge, die manche Byzanz oder Konstantinopel nannten, aber sie war Hallas Mickelgard. Die Stadt war heiß, laut und erschreckend, und die drei Männer aus Marob drängten sich ängstlich zusammen. Diese Art Furcht kannten sie nicht, und so etwas hatten sie nicht erwartet. Aber sie waren auf unterschiedliche Weise alle drei tapfer. Halla stand ruhig neben ihnen und nahm die vielen neuen, zum größten Teil unangenehmen Gerüche auf. Sie berieten sich kurz und gingen dann gemeinsam entschlossen vom großen Hafen zur Stadt hinauf. Halla flüsterte den Männern zu, was die Griechen sagten, damit sie nicht allzu sehr verachtet und betrogen wurden. Nach einiger Zeit fanden sie in der engen Gasse der Schuhmacher einen Raum im oberen Stockwerk, wo es nach gegerbten Häuten stank, und daneben ein kleineres Zimmer für Halla Gottesgeschenk, die sie sehr freundlich und höflich behandelten, weil sie fürchteten, Halla würde sonst davonfliegen. Sie kauften ihr ein langes blaues Leinenkleid, das bis zum Boden reichte, und, um der Sittsamkeit zu genügen, einen Schleier. Aber wenn Halla aus dem Haus ging, trug sie immer ihren zerschlissenen dunklen Mantel, unter dem sie auch schlief. Die drei Männer meinten, er sei gewiß heilig – vielleicht habe er einem Heiligen gehört; zumindest sei er jedoch ein Geschenk Gottes. Tarkan Der, dessen Vorväter vor langer Zeit Kornkönige von Marob gewesen waren, versuchte öfter, von Halla etwas über ihr Leben zu erfahren. Sie antwortete ihm: „Früher liebte ich Schätze und haßte die Menschen. Menschen waren grausam zu mir. Jetzt halte ich sie nicht mehr für grausam."

„Manche Menschen sind grausam", sagte Tarkan Der. Sein Gesicht verzerrte sich schmerzlich, denn er wußte, der Statthalter würde sich unverzüglich rächen, sobald er erfuhr, was hinter seinem Rücken geschah. Dann berührte Tarkan Der zaghaft und ehrfürchtig den Mantel und fragte: „Du hast ihn geschenkt bekommen, und danach hat sich alles geändert?"

„Ja", sagte Halla, „danach hat sich alles geändert."

Die Bewohner von Marob waren seit über hundert Jahren Christen. Ihr Christentum hatte eine eigene Form angenommen, und in Marob glaubte man Dinge, die vielleicht in den Tagen der alten Heiligen geglaubt worden waren, im heutigen Byzanz jedoch nicht mehr. So glaubte man in Marob zum Beispiel, daß Gott gut ist, und daß der Kaiser, der Gesalbte und Gesegnete, wenn man erst vor ihm stand, Herrscher und Stellvertreter Gottes auf Erden war, und daß er Gerechtigkeit üben würde, wenn man ihm sagen konnte, was der böse Statthalter von Marob in seinem Namen getan hatte. Danach wäre alles wieder gut. Der Statthalter würde bestraft, und den Unterdrückten würde geholfen. Die Hungernden würden mit guten Dingen gespeist, und die Sanftmütigen würden die Erde beherrschen. Es gab nur ein Problem: Wie gelangte man vor den Kaiser, den Purpurgeborenen? In Marob war es in alter Zeit für Männer und Frauen einfach gewesen, vor den Kornkönig zu treten und ihn um Hilfe zu bitten. Aber der Kornkönig war zu den Menschen gekommen, hatte sie berührt, war auf ihre Felder und zu ihren Tieren gegangen. Der Kaiser befand sich irgendwo in seinem Palast, und wenn er ihn verließ, standen Wachen und Höflinge, Schwerter und Speere, Gold und Purpur zwischen ihm und den Menschen. Auch bei Jesus Christus war es anders gewesen. Er war zu den Menschen gekommen und hatte sie berührt wie ein Kornkönig. Mit ihm zu sprechen wäre nicht so schwierig gewesen.

Morgens und abends beteten die drei Männer lange zusammen in dem kleinen Raum, in dem sie schliefen. Danach hatte

Tarkan Der einige Zeit das Gefühl, die junge Frau, die Schöne Feder genannt wurde, sei in Gottes Hand und dort sicherer als unter seinem Schutz. Aber bald bestürmte ihn die Welt, und schon nach kurzer Zeit machte er sich wieder Sorgen. Manchmal schloß Halla sich den Männern an. Doch sie wußte nicht, was die Worte bedeuteten, die sie beteten, und es stand den Männern nicht zu, es ihr zu sagen. Die beiden älteren, Roddin und Kiot, ein Enkelsohn von Niar, einem Märtyrer aus der Zeit der ersten Christen in Marob, glaubten, Halla würde sich zu gegebener Zeit zu erkennen geben. Inzwischen begleitete sie Roddin auf seinen Gängen und übersetzte nicht nur beim Einkaufen, sondern auch wenn er nach einer Möglichkeit suchte, vor den Purpurgeborenen zu gelangen.

Es schien unendlich schwierig zu sein, vor den zu treten, bei dem sie sich Gehör verschaffen mußten. In ihrer Unschuld hatten sie geglaubt, einem Priester erzählen zu können, welche Untaten im Namen des Kaisers geschahen. Sie waren in der großen Kirche gewesen, wo Gott, die Heiligen und die vielen vierflügligen Engel und Erzengel hoch oben die goldene Kuppel erfüllten. Sie waren so schrecklich anzusehen wie das Jüngste Gericht, wie ein Unwetter, und schön wie ein Segen, wie die aufgehende Sonne, wie die Gerechtigkeit. Hier mußten sie doch finden, was sie suchten! Sie sagten demütig im Namen Gottes die Wahrheit, und Halla sprach sie nach, ohne sich viel dabei zu denken, jedoch auf griechisch, damit man sie verstand. Man führte sie vor einen höheren Priester, dessen prachtvolle Gewänder mit wunderbaren Heiligen bestickt waren. Ein Mann trat zu ihnen und schrieb mit einem Stift auf eine lange Rolle, was sie erzählten. Man erklärte ihnen, die Angelegenheit werde an eine höhere Autorität weitergeleitet. Sie hielten das für gut. Sie knieten zum Segen. Sie kehrten zurück. Sie warteten und warteten. Die Tage vergingen, und das Geld, das sie mitgebracht hatten, wurde weniger.

Als sie eines Abends traurig beisammen saßen und nicht einmal miteinander sprachen, kam ein Priester. Er nannte sich

Vater Johannes, obwohl das durchaus nicht sein richtiger Name sein mochte. Alle standen auf, bekreuzigten und verneigten sich. Auch Halla machte das Zeichen der vier Winde, wie ein Bär es vielleicht tut, der die Nase hebt, um herauszufinden, woher die verlockenden Düfte kommen. Sie sprachen lange miteinander, und Halla übertrug die Worte des einen für die anderen und umgekehrt. Sie zündeten die Lampe an, die etwas Helligkeit verbreitete, aber nicht genug, um das Gesicht von Vater Johannes zu sehen und zu erkennen, ob er die Wahrheit sprach oder nicht. Für die Männer von Marob war es schrecklich, so etwas von einem Priester denken zu müssen. Aber selbst nach der kurzen Zeit in Mickelgard wußten sie, daß sie mißtrauisch sein mußten.

Draußen in der Straße der Schuhmacher wurde gesungen, und ein klimperndes Instrument tönte durch die Dämmerung. Nach einiger Zeit verstummte es, und sie hörten, daß der Schuhmacher in der Werkstatt auf der anderen Straßenseite, der seine Läden immer erst spät am Morgen öffnete, noch arbeitete. Aus der Ferne drangen die Geräusche von Streitenden und ein Schrei herein, dann kaum noch etwas. Der Mond war aufgegangen und schien durch eine abgebrochene Ecke des Fensterladens. Sein Licht wirkte heller und silberner als das der Lampe. Schließlich schien alles gesagt zu sein, was gesagt werden konnte, doch sie wußten nicht, wie dieser Vater Johannes es aufgenommen hatte. Sie wußten nicht, ob der Gedanke an Gerechtigkeit und christliche Brüderlichkeit ihn berührt hatte oder auch nur der Gedanke an Mitgefühl. Die Männer sahen sich an. Halla beobachtete eine Maus, die sich in der Stille herausgewagt hatte, und die jetzt dasaß und sich mit den winzigen Pfötchen über die Ohren strich. Mit einem leisen Rascheln seiner Gewänder, das die Maus jedoch verscheuchte, stand Vater Johannes auf und stieg vorsichtig die Treppe auf der dunklen Seite nach unten, wo das Mondlicht ihn möglichen Beobachtern nicht verraten konnte.

„Was hältst du davon, Roddin?“ fragte Kiot und fuhr sich mit den Fingern durch den Bart.

„Wenn ich es nur wüßte!“ stöhnte Roddin. „An diesem Ort ... man kann noch nicht einmal von einem Ende der Straße zur anderen sehen ... und schon gar nicht in die Herzen der Menschen.“

„Unter Christen sollte das leicht sein. Aber die Dinge liegen anders. Mir kommt es vor, als seien wir in einen Sumpf geraten, in dem es viele verborgene Straßen gibt, und wenn wir einen falschen Schritt tun, versinken wir im tiefen Morast ... wir und unser Volk.“

„Wir können nicht stehenbleiben“, sagte Tarkan Der, „das Geld nimmt ab, die Zeit verrinnt, und zu Hause ... zu Hause ...“

Roddin legte ihm die Hand auf den Arm. „Vielleicht müssen wir riskieren, den falschen Schritt zu tun. Keiner von uns möchte einen Tag länger als nötig hierbleiben. Vergiß nicht, Tarkan Der, ich habe eine Frau und vier Kinder.“

„Sie werden es nicht wagen ... nicht bei dir“, sagte Tarkan Der, „aber Schöne Feder ... ihr Vater ist nicht mächtig ... “ In seiner Stimme lag eine schreckliche Qual; sie erinnerte Halla an eine schmerzende Wunde. Plötzlich wollte sie die verletzte Stelle mit einer weichen, warmen Bärenzunge lekken, sie sauberlecken, damit sie heilen konnte. Doch an ihm war keine Wunde zu sehen. Sie konnte nichts tun, als ihm unsicher die Hand auf die Schulter zu legen. Er ergriff sie mit beiden Händen und preßte sie einen Augenblick lang fest. Während er das tat, stieg Furcht in ihr auf und drohte, sie zu ersticken. Denn einen Augenblick lang erschien er ihr wie ein Held, und ihre Hand wurde so reglos wie ein Waldschnepfenküken, das sich beim Herannahen von Schritten im Laub auf dem Boden verbirgt.

Tarkan Der ließ die Hand sanft wieder los, und Halla wußte, es war nur seine Wunde, die zur Narbe ihrer Wunde gesprochen hatte. Sie lehnte sich zurück und lauschte, während sie über die Menschen von Mickelgard sprachen. Roddin sagte: „Ich sehe es so. Ob der Kaiser es weiß oder nicht – und Gott steh mir bei, ich bin mir nicht sicher, daß er es nicht weiß –, der Statthalter wird von diesem hohen Herrn am Hof geschützt, von dem Vater Johannes uns erzählt hat, und der den Beinamen Eisentor trägt. Wahrscheinlich gelangt ein Teil von dem, was der Statthalter uns ungerechterweise nimmt, in Eisentors Hände. Eisentor kauft Land, und er kauft Menschen."

„Er kauft auch die Gunst des Purpurgeborenen", sagte Kiot traurig.

„Nach allem was wir gehört haben, müssen wir es annehmen. Der erste Priester, mit dem wir gesprochen haben, wird nichts gegen Eisentor unternehmen. Nur durch Glück ist die Sache Eisentor nicht zu Ohren gekommen – und durch ihn dem Statthalter."

„Nicht durch Glück", sagte Kiot, „sondern durch Gnade. Die Unschuldigen müssen nicht immer leiden."

„Das stimmt", sagte Roddin, „aber der Schreiber, der alles aufgeschrieben hat, wußte, daß es Leute gibt, die Eisentor hassen. Einer von ihnen ist Alexius Argyris, und Vater Johannes ist sein Mann. Deshalb sagte der Schreiber zu Vater Johannes, er habe ihm etwas zu berichten, falls er seinen Lohn bekomme. Glücklicherweise hatte Vater Johannes das Geld und konnte es ihm geben."

„Das war kein Glück", sagte Kiot noch einmal. Aber diesmal schien Roddin ihn nicht zu hören.

Er redete weiter: „Vater Johannes hat nur deshalb beschlossen, uns zu helfen, weil wir möglicherweise das Werkzeug sind, um Eisentor zu Fall zu bringen. Vater Johannes liebt uns nicht. Er denkt nicht an Gerechtigkeit. So ist es!" Er schrie beinahe.

„So sehe ich es auch", sagte Tarkan Der.

„Vielleicht ist es nur die halbe Wahrheit", meinte Kiot. Die beiden anderen liebten ihn, aber sie glaubten trotzdem, er irre sich.

„Also geht es darum", sagte Roddin, „wie sie hoffen, uns für ihre Pläne benutzen zu können. Wenn der Statthalter gehen soll, müssen wir uns darauf einlassen."

„Wir hätten Vater Johannes Geld geben sollen!“ sagte Tarkan Der plötzlich.

Die anderen sahen ihn entsetzt an. „Er ist doch ein Priester Gottes!“ sagte Kiot.

„Ich bin nicht sicher. Ich bin nicht sicher, daß das, was sie hier Gott nennen, überhaupt Gott ist.“

„Er muß geweiht worden sein.“

„Von seinesgleichen!“

„Aber es geht zurück … zurück auf den Heiligen Petrus. Der Fluß des Segens kann nicht durch einen Makel befleckt sein. Das hat mein Großvater gesagt.“ Kiot hatte gesprochen. Sein Gesicht wirkte ängstlich und besorgt.

Tarkan Der erwiderte: „Ich fange an zu glauben, daß die Dinge inzwischen anders sind. Kann Milch süß bleiben, die man zu lange in der Schale stehen läßt, gleichgültig wie gut die Kuh war, von der sie stammt? Aber es bleibt dabei, wir müssen daran denken, wie er uns benutzen kann. Dann müssen wir versuchen, ihn zu benutzen. Wenn hier niemand für Gerechtigkeit eintritt, ist das unsere einzige Möglichkeit –“

„Ich glaube nicht, daß es ganz so ist. Die Gerechtigkeit muß nur gut aussehen – aus ihrer Sicht. Ich glaube, Argyris ist vielleicht das Mittel, um uns den Zutritt zum Purpurgeborenen zu verschaffen … vielleicht das einzige Mittel.“

Tarkan Der sagte: „Wenn wir Vater Johannes das Geld als Dankspende für seine Armen geben, hat Gott einen Ausweg. Wenn er wirklich ein Priester in unserem Sinn ist, wird das Geld an die Armen gehen, und sein Herz wird sich uns öffnen. Wenn nicht, wird er das Geld für sich behalten. Aber dann haben wir uns seinen guten Willen erkauft.“

„Wie sollen wir erfahren, welchen Weg das Geld nimmt?“ fragte Kiot besorgt.

„Wir werden es nie erfahren. Das ist Teil des Rätsels. Oder wir erfahren es erst später. Wieviel können wir ihm geben?“

Aus ihrem verschlossenen Kästchen nahmen sie Gold. Jeder der Männer hatte im Gürtel oder in den Stiefeln Gold und Edelsteine eingenäht, und jeder wußte, was der andere besaß.

Sie zeigten es unbesorgt auch Halla. Das war eigenartig, denn kein Drache auf der Welt hielt nicht etwas zurück, wenn er einem anderen Drachen seinen Schatz zeigte. Eigentlich zeigte ein Drache selten mehr als einen kleinen Teil. Jeder außer dem alten Uggi, der Halla alles gezeigt hatte, weil sie in seiner Vorstellung Teil des Schatzes war. Diese Männer verabschiedeten sich von ihrem Schatz, und er schien ihnen nur soweit am Herzen zu liegen, wie er ihnen die Gerechtigkeit verschaffen konnte, die sie forderten. Es war ein so kleiner Schatz. Die Stücke würden alle auf einer einzigen Moosbank Platz finden und sich sogar darauf verlieren. Einen Augenblick lang spürte sie, wie die Liebe zu Uggi und damit ihr Drachenwesen in ihre Augen stieg und auf ihre Zunge trat. „Ihr könnt euern Schatz nicht weggeben!“ sagte sie plötzlich. „Ihr dürft es nicht! Es ist zu wenig.“

„Zu wenig?“ fragten sie, da sie glaubten, Halla müsse es wissen.

„Ja, ja!“ wiederholte sie. „Ein kleiner, kleiner Schatz ... behaltet ihn! Wartet ... ja, wenn er größer wäre ...“

„Es ist alles, was wir haben“, sagte Roddin.

„Es muß ... *muß* mehr sein ...“

„Ich kann arbeiten“, erklärte Tarkan Der, „ich kann im Hafen arbeiten.“ Er hatte bereits daran gedacht.

„Nein, das ist es nicht –“, sagte Halla. Sie konnte es nicht in Worte fassen.

„Wir könnten beim Pferderennen wetten“, sagte Tarkan Der etwas bitter und mit zitternder Stimme. Die beiden älteren Männer sahen Halla Gottesgeschenk aufmerksam an. Sie waren einmal mit Halla zu den Wagenrennen gegangen und hatten auf den billigsten Plätzen gesessen. Halla hatte die Sache mit den Wetten anfangs nicht verstanden. Sie interessierte sich jedoch sehr für die Pferde und versuchte die ganze Zeit zu hören, was sie vorhatten; sie konnte ihr Wiehern über dem Stimmengewirr der Menge hören. Eines der Pferde kannte sie von der Schiffsreise, und sie hatte ihm manchmal geholfen. Es klagte darüber, daß der Wagenlenker es zurückhielt und nicht richtig losrennen ließ. Andere Pferde lachten. Sie waren alle zornig und haßten sich beinahe gegenseitig. An diesem Tag hatten die Männer, die in ihrem Land viel von Pferden verstanden und glaubten, sie zumindest besser beurteilen zu können als die Städter, hin und wieder kleine Summen gewettet, zu ihrer großen Überraschung und ihrem Verdruß jedoch jedesmal verloren. Das fiel Halla wieder ein.

„Ja", sagte sie, „das könntet ihr. Aber zuerst muß ich mit den Pferden sprechen."

DRITTES KAPITEL

PFERDEWISSEN

Halla kannte den Weg zu den Rennställen am Hippodrom. Seit sie in der Stadt war, hatte sie sich mit jedem intelligent aussehenden Pferd unterhalten, und an Tagen, an denen die Männer das Haus ohne sie verließen, auch mit den Milanen. Sie wußten mehr als die Vögel im tiefen Wald, aber sie rochen schlecht. Doch am besten kannten sich die Ratten in Mickelgard aus. Sie genossen das Leben in der Stadt vielleicht mehr, als die meisten Männer und Frauen; sie kannten all die kleinen Wege, von den Abwassergräben bis zu den Dächern. Natürlich wußten sie besondes gut, wie man in die Ställe und an das Getreide kam. Halla warf nie Steine nach den Ratten. Sie waren nicht schlimmer als andere. Das sagte sie auch den drei Männern, die darin ein Zeichen Gottes sahen, der alles Leben segnete. Trotzdem warfen sie weiterhin Steine nach ihnen. Die Ratten zeigten sich nie im Zimmer, solange die Männer sich dort aufhielten, es sei denn, sie schliefen. Aber sie kannten Halla und wußten, daß sie zu Ratten freundlich war. Wenn Halla sie nach einem Weg fragte, gaben sie Auskunft oder zeigten ihn ihr. Warum auch nicht?

Die Rennställe bestanden aus großen Höfen, umgeben von den Gebäuden mit den Pferdeboxen. Die Stallburschen schliefen bei den Pferden. Die Wagenlenker, meist kleine, aufbrausende Männer, bewohnten Zimmer im oberen Stockwerk. Sie stritten und schimpften ständig, und manchmal brachten sie einen Konkurrenten aus Eifersucht sogar um. Wenn der Täter entdeckt wurde, mußte er den Kopf auf den Amboß in der Schmiede legen. Dann zertrümmerte man dem Mörder mit dem Hammer den Schädel – die meisten Wagenlenker waren Sklaven. Aber sie ließen sich durch solche Strafen nicht von ihren Untaten abhalten.

Niemand beachtete Halla. Sie lehnte an der Wand und redete mit den skythischen Pferden, die mit ihr auf dem Schiff hierher gekommen waren. Ein Hengst war sehr empört: Er hatte etwas gefressen und war dadurch krank geworden. Die Wagenlenker mischten den Pferden immer absonderliche Dinge ins Futter, zum Beispiel Vogelblut und Federn oder scharfe Gewürze, weil sie glaubten, sie würden dadurch schneller. Der Hengst, sein griechischer Name bedeutete Morgenstern, wollte in Ruhe gelassen werden, einige Zeit nichts fressen, und wenn es ihm besser ging, auf die Weide und selbst gutes Gras rupfen. Doch sein Wagenlenker hatte ihn gezwungen, etwas zu fressen, was Pferde verabscheuen. Die Stallburschen hatten ihm die Nüstern zugehalten und es ihm ins offene Maul gesteckt – der Hengst zitterte am ganzen Leib, als er sich daran erinnerte. Dann hatten sie ihn an mehreren Stellen mit einem rotglühenden Eisen verbrannt, um die bösen Geister auszutreiben, die ihrer Meinung nach die Krankheit des Pferdes verursacht hatten und die ihm vermutlich ein Rivale geschickt hatte. Ein Stallbursche rief Halla zu, sie möge vorsichtig sein, das Pferd würde sie treten. Aber Morgenstern drückte ihr die Schnauze in die Hand, und Halla streichelte ihn unter dem Kinn und hinter den Ohren. Sie versprach, wenn möglich mit den Stallburschen zu reden. Gerade kam einer mit einem Eimer herbei; Morgenstern glaubte, man wolle ihm wieder etwas aufzwingen. Er trat nach dem Mann und brach ihm den Arm.

Die anderen Stallburschen und die Wagenlenker rannten herbei. Der kleine Wagenlenker schrie, mit so einem tückischen Biest würde er kein Rennen fahren; die anderen meinten, der Hengst sei immer noch von den Teufeln besessen. Sie liefen davon, um glühende Eisen und die großen Lederpeitschen zu holen. Morgenstern schrie seinen Haß auf sie alle hinaus, wieherte und stampfte. Die Männer riefen Halla zu, sie möge sich schnell in Sicherheit bringen. Aber Halla rief zurück, sie würde Morgenstern besänftigen, wenn man sie nur gewähren lasse. Als Morgenstern ruhiger wurde, band sie ihn los, führte ihn am Halfter hinaus, ließ ihn frisches Wasser saufen und lobte und streichelte ihn. Die anderen beobachteten sie aus sicherer Entfernung. Halla sagte ihnen, wenn sie den Hengst nicht mehr quälen oder zwingen würden, Unrat zu fressen, werde er friedlich bleiben.

Der Wagenlenker näherte sich ihr sehr vorsichtig. Er sah zuerst Halla an und dann Morgenstern. Halla sagte: „Sieh ihn dir genau an. Er ist nicht von Teufeln besessen."

„Wie hast du das geschafft?" flüsterte der Wagenlenker. „Bist du eine Hexe? Wieviel willst du dafür haben?"

„Ich will, daß du Morgenstern gut behandelst, wenn er sich gut benimmt. Zeig ihm, daß du nichts Böses im Sinn hast."

Nach kurzem Zögern trat der Wagenlenker heran und streckte Morgenstern die geöffneten Hände entgegen, der sie schnaubend beroch. Der Wagenlenker hob langsam eine Hand und streichelte Morgensterns Kopf und Hals. Sie sahen sich in die Augen. Der Wagenlenker zog eine reife Birne aus den Falten seiner Tunika und hielt sie dem Hengst hin. Morgenstern streckte vorsichtig den Kopf danach aus und knabberte daran. Danach aß der Wagenlenker etwas davon, und Morgenstern fraß den Rest. „Er ist das beste Pferd, das ich je hatte", sagte der Wagenlenker, „aber ich habe ihm nie ganz getraut."

„Weshalb hast du ihn beim Rennen letzte Woche zurückgehalten?" fragte Halla.

Der Wagenlenker sah sich um. „Du weißt zuviel", flüsterte er. „Du bist bestimmt eine Hexe!" Halla schwieg. Sie wußte nicht genau, was er damit meinte. „Nein", sagte er plötzlich, „du bist keine Hexe. Es tut mir leid, daß ich das gesagt habe. Aber es gibt Dinge, über die man am besten nicht spricht, selbst wenn die Heiligen einen dazu auffordern. Morgen werde ich Morgenstern nicht zügeln müssen. Aber wird er auch alles geben, was in ihm steckt?"

„Er wird sein Bestes geben, wenn du versprichst, ihm kein schlechtes Futter aufzuzwingen, oder ihn mit der Peitsche und glühenden Eisen zu quälen."

„Es war alles nur zu seinem Besten", erwiderte der Wagenlenker und fügte dann etwas unsicher hinzu: „Ich meinte zumindest, es sei zu seinem Besten."

„Morgenstern sieht das anders", sagte Halla. „Also versprichst du es?"

„Ja, Herrin", sagte der Wagenlenker, legte die Hand auf sein Herz und verbeugte sich. Denn inzwischen glaubte er, Halla sei bestimmt von seinem Schutzheiligen geschickt worden, und er vermutete, seine Mutter habe Kerzen für ihn angezündet, wie sie es manchmal vor einem Rennen tat. Er nahm sich vor, nie wieder darüber zu lachen. Insgeheim sprach er alle Gebete, an die er sich erinnern konnte. Währenddessen unterhielt sich Halla mit Morgenstern über das Rennen. Morgenstern liebte die Rennen sehr und mochte auch Geruch und Stimme des kleinen Wagenlenkers. Aber er erzählte Halla, es gebe einen Stallburschen, dessen Geruch er hasse. Wenn er am nächsten Tag wirklich sein Bestes geben solle, dürfe der Stallbursche nicht in seine Nähe kommen. Alle Pferde haßten diesen Mann. Morgenstern erklärte genau, um wen es sich handelte, und Halla sagte es dem Wagenlenker. Dieser Wagenlenker war ein Freigekaufter und wurde gut bezahlt, der Stallbursche dagegen war ein wertloser Sklave. Es war leicht, ihn auspeitschen zu lassen, so daß Morgenstern es sah; dann brachte man ihn zum Sklavenmarkt, um ihn zu verkaufen. Morgenstern bebte und wieherte vor Haß und Freude, als er erlebte, daß sein Feind bestraft wurde, und auch die anderen Pferde freuten sich. Aber Halla gefiel das irgendwie nicht.

Sie erkundigte sich, welche Pferde außer Morgenstern an dem Rennen teilnehmen würden, und der Wagenlenker sagte es ihr. Jetzt wollte er ihr alles sagen. Er war ein zierlicher Mann, nicht größer als Halla, und er neigte den Kopf über seine gefalteten Hände, während er mit ihr sprach. Sie ging zu den anderen Pferden, die am Rennen teilnehmen sollten, und brachte sie so weit, daß sie versprachen, Morgenstern würde gewinnen. Auf Hallas Bitte erklärten sie sich auch bereit, es den Pferden aus anderen Ställen zu sagen, die möglicherweise bei diesem Rennen liefen. Einige machten Schwierigkeiten, denn sie liebten die Rennen ebenfalls; sie liebten es, zu tänzeln und Aufmerksamkeit zu erregen und mit den leichten vergoldeten Wagen, in denen die Wagenlenker in blauen oder grünen Tuniken standen, über die Bahn zu stürmen. Sie genossen es, wenn ihre gebürsteten und gestriegelten Leiber glänzten, jedes Haar an seinem Platz war und jeder Muskel sich erwartungsvoll spannte. Halla überredete die Pferde und erklärte ihnen, es sei für alle das Beste, wenn Morgenstern dieses Rennen gewinne. Beim nächsten Rennen könne es einen anderen Sieger geben. Die Pferde erwiderten, ihnen sei es recht, aber die Wagenlenker versuchten sich gegenseitig den Weg abzuschneiden, mit den Peitschen die Augen zu treffen, und manchmal kam es dabei sogar zu Unfällen. Aber sie sahen ein, es wäre das Beste, im voraus zu beschließen, wer siegen würde, und diesmal sollte der Sieger Morgenstern sein.

Halla fürchtete, die Pferde könnten ihr Versprechen am nächsten Morgen vergessen haben. Aber ein Versuch lohnte sich trotzdem. Deshalb riet sie Roddin, soviel wie möglich von dem Geld, das sie noch hatten, auf Morgenstern zu setzen. Außerdem bat sie ihn, ihr einen Platz nahe am Start zu kaufen. Die drei machten sich plötzlich Sorgen und wußten nicht, ob sie Hallas Rat befolgen sollten, denn wie konnte sie den Sieger im voraus kennen? Aber schließlich setzten sie viel Geld auf Morgenstern und zahlten ihr den Platz. Sie selbst wollten draußen warten. Wenn alles gut ging, so erklärten sie, müßten sie es nicht sehen, und wenn nicht, wollten sie von dem wenigen Geld, das ihnen dann noch blieb, nicht etwas für Sitze ausgegeben haben, und seien es auch die billigsten.

Halla war früh auf ihrem Platz. Mitten unter den Zuschauern gab es eine Tribüne mit erhöhten Sitzen, einem goldenen Geländer und einem seidenen Baldachin. Und auf dem besten

Platz befand sich ein breiter weicher Sitz mit goldbestickten, lederbezogenen Daunenkissen. Nach einer Weile erschien der Kaiser, setzte sich darauf und lehnte sich zurück. Inzwischen wußte Halla, daß der Purpurgeborene kein Drache war, sondern ein kleiner Mann mit schmalen Händen und tiefliegenden dunklen Augen, die nie etwas zu sehen schienen; er trug Gewänder, die so schwer und so steif zu sein schienen, daß niemand sie tragen konnte. Seine Wachen umstanden ihn, große, kräftige blondhaarige Männer mit Schwertern und Streitäxten, langen Gesichtern und blauen Augen. Sie sehen wie Helden aus, dachte Halla.

Zur Unterhaltung der Menge gab es vor dem Wagenrennen andere Darbietungen. Die meisten waren jedoch grausam und zeigten nur, daß einige Männer Macht über andere Männer und über Tiere besaßen. Die unterlegenen Männer und Tiere schrien ihre Angst und Todesqual auf die unterschiedlichste Weise heraus. Halla gefiel das nicht, obwohl die anderen, auch der Purpurgeborene, Spaß daran zu finden schienen. Es folgten kleinere Rennen. Schließlich erschienen Morgenstern und die anderen Pferde tänzelnd und steigend in der Arena. Alle schrien und brüllten die Namen der Pferde und die Farben, die sie begünstigten. Die Farbe von Morgensterns Wagenlenker war grün. Im Lärm fiel es Halla nicht schwer, den Pferden zuzurufen und sie daran zu erinnern, daß Morgenstern gewinnen sollte. Die Pferde wieherten zurück: „Ja, ja"; Halla hoffte, sie würden nicht in zu große Erregung geraten und ihr Versprechen vergessen.

In einem Abschnitt des Rennens lag eine zähe langbeinige Stute aus einem blauen Stall kurze Zeit vor Morgenstern. Dann fiel sie plötzlich zurück – hatte sie sich an die Abmachung erinnert? Morgenstern umrundete als erster den Siegespfahl. Halla sah, wie der Wagenlenker herabsprang, Morgenstern die Stirnfransen aus den Augen schob und ihn streichelte. Ihr war nicht entgangen, daß er zwar eindrucksvoll schreiend und brüllend die Peitsche geschwungen, aber Morgenstern nie getroffen hatte. Als sie im Triumph zum Start zurückkehrten, wieherte Morgenstern Halla zu: „Ich habe es geschafft! Ich habe es geschafft!“ Die anderen Pferde schienen alle beinahe ebenso zufrieden mit sich wie mit Morgenstern zu sein, denn auch sie wieherten: „Wir haben es geschafft! Wir haben es geschafft.“

Halla lief hinaus zu den drei Männern und sagte ihnen, sie könnten ihren Gewinn abholen. Sie wollte nicht länger im Hippodrom bleiben. Also holten sie das Geld und gingen damit geradewegs zur großen Kirche. In einer Seitenkapelle, die einem kleinen, seltsam aussehenden Heiligen geweiht war, der weniger reiche Gewänder trug als die anderen und vielleicht kein Grieche war, knieten sie nieder und dankten Gott. Danach trugen sie das gewonnene Geld zu Vater Johannes und übergaben es ihm für wohltätige Zwecke. Halla hatte nicht viel dagegen, denn es handelte sich nur um gewöhnliche byzantinische Münzen: Silber, ein bißchen Gold, und daher kaum ein Schatz. Sie behielten genug als Einsatz für das nächste Rennen zurück. Vater Johannes bedankte sich ernst bei ihnen und versprach, das Geld werde den besten Zwecken dienen. Er wollte unbedingt wissen, ob er in Zukunft mit mehr rechnen könne, „denn die Armen“, sagte er und schlug die Augen nieder, „liegen uns immer am Herzen.“

Roddin erwiderte, das sei durchaus möglich. Aber die Zeit verstreiche, und ihnen gehe es vor allem darum, ihren Fall vor den Kaiser zu bringen. Die notwendigen Schritte seien eingeleitet, erklärte Vater Johannes. Wieder warteten sie viele Tage; die drei lernten allmählich, das Griechisch von Byzanz zu sprechen, wenn auch nur unbeholfen. Sie zogen es immer noch vor, daß Halla für sie übersetzte. Halla wunderte sich, daß es ihr schwerer und schwerer fiel, auch nur die kleinsten Zauberkunststücke zu vollbringen, selbst wenn sie allein war. In Anwesenheit der anderen konnte sie nicht einmal anfangen zu zaubern.

Manchmal wanderten sie zusammen durch die Stadt und sahen sich um, wobei sie eine gewisse Unsicherheit nie verließ. Halla begleitete Tarkan Der einmal in die Straße der

Goldschmiede. Sie sahen sich stundenlang Halsketten und Broschen an, und er zeigte ihr, was er Schöne Feder gerne geschenkt hätte. Halla sagte ja, ja und fragte, wie dies oder jenes Schöne Feder kleiden würde. Tarkan Der redete unablässig über Schöne Feder. In Gedanken und in seiner Phantasie entschädigte er sie für alle Gefahren, in denen sie sich befand, und schmückte sein Bild von ihr, damit er vor sich nicht den Eindruck haben mußte, sie nicht genug zu schätzen. Trotzdem wußte er die ganze Zeit, daß er ihr jetzt nicht näher als sonst war. Er hatte keine Möglichkeit, sie gegen irgendeine Gefahr zu verteidigen. Etwa nach einer Stunde, nachdem er die schönsten und wertvollsten Dinge gewählt hatte, die ihm die Goldschmiede vorlegten, und sie in seiner Vorstellung Schöne Feder auf Knien überreichte, drehte er sich plötzlich heftig um und lief ohne ein Wort davon. Halla dachte: Es gab einmal jemanden, der das Gold mehr gewürdigt hätte, als diese junge Frau in der Ferne, nämlich Uggi. Er hätte es in seine Klauen genommen, behutsam in die Dunkelheit gelegt und seinem Schatz einverleibt.

RATTEN UND MILANE

Noch dreimal verabredete Halla vor wichtigen Rennen mit den Pferden den Sieger. Die Männer von Marob wetteten, und mehr Geld gelangte in die Hände von Vater Johannes. Aber solche Abmachungen waren jetzt schwierig, denn Morgenstern verstand sich inzwischen mit seinem Wagenlenker und wollte immer gewinnen. War er jedoch immer Sieger, gewannen sie mit ihrem Einsatz wenig Geld. Man konnte das Morgenstern kaum erklären, und es hätte ihn auch nicht interessiert, denn nur wenige Tiere verstanden etwas von Geld. Außerdem begannen die Leute, durch das Gerede der Stallburschen und Wagenlenker aufmerksam gemacht, zwei und zwei zusammenzuzählen, und man vermutete, daß die Männer aus Marob, die erstaunlich viel Geld bei den Rennen gewannen, etwas mit der jungen Frau zu tun hatten, die sich in den Rennställen herumtrieb – sie ist eine Heilige oder zumindest beinahe, behaupteten die einen; andere, die Geld verloren hatten, sagten, sie ist eine Hexe.

Halla unterhielt sich gerade mit einem Pferd aus den grünen Ställen, als eine Ratte laut quiekend über das Stroh auf sie zurannte. Halla beachtete sie nicht, denn sie fand es nicht richtig, daß eine Ratte sie unterbrach, während sie sich mit einem Pferd unterhielt. Die Ratte lief direkt zu ihnen, und das Pferd warf den Kopf hoch: Es hielt nicht viel von Ratten. Die Ratte hüpfte auf Hallas Fuß, so daß Halla sie, wenn auch verärgert, zur Kenntnis nehmen mußte. Die Ratte berichtete aufgeregt, mit Steinen und Stöcken bewaffnete Männer seien hinter ihr her, als sei Halla eine Ratte und ein Feind. Sie müsse um ihr Leben rennen. Die Angst, die Halla nie ganz verlassen hatte, überfiel sie wieder. Einen Augenblick war sie wie erstarrt, fühlte sich wie gefesselt. Die Ratte rief: „Schnell, schnell, komm mit!“ und lief voraus. Halla folgte ihr eilig und zog Allvaters Mantel eng um sich. Sie liefen jedoch nicht zum Hoftor, sondern in den Kornspeicher. Die Ratte sprang hinter eine Haferkiste; Halla mußte sie ein Stück zur Seite schieben, kroch dahinter und schloß die Lücke über sich mit einem Sack. Jetzt hörte sie Stimmen. Es waren die bösen, lauten und häßlichen Stimmen der Jäger. Die Helden waren unterwegs, um die Welt von etwas zu befreien, das sie fürchteten und haßten!

Halla tastete sich hinter der großen Truhe vorwärts. Sie entdeckte lose Steine, zwängte sich durch das Loch und schob sich in dunkle Höhlungen unter dem Boden. Sie fragte sich, ob die Ratten wußten, wieviel größer sie war. Sie fürchtete sich schrecklich davor, entdeckt und hilflos an den Füßen zurückgezogen zu werden. Bereits der Gedanke an die erste Berührung verursachte ihr Gänsehaut. Sie hörte Schritte über sich und Schläge auf den Boden. Hier unten roch es nach Ratten. So geräuschlos wie möglich kroch sie weiter in die Tiefe. Einmal stieß sie versehentlich gegen ein Rattennest und wurde in den Arm gebissen, aber nicht fest. Sand verfing sich in den Haaren, Knie und Ellbogen waren aufgeschürft und bluteten. Sie hörte, wie ihr Kleid zerriß; der Mantel war haltbarer, und sie umklammerte ihn mit Bärenkräften. Ihre vorwärts tastende Hand griff plötzlich ins Nichts: ein leerer dunkler Raum. Die Ratte quiekte in der Schwärze unten, und ein kleiner Stein fiel glucksend in Wasser.

Halla mußte weiter. Ihre Hand tastete über den Abgrund, fand eine andere Wand und einen Griff. Sie zog sich vorwärts, ließ sich dorthin fallen, wo die Ratte rief, und spürte, wie sie bis zu den Knöcheln in Schlamm versank. Etwas klatschte warm an ihre Knie, und sie wußte, sie befand sich in den Abflußkanälen der Ställe. Die Ratten störte das nicht, weshalb sollte sie es dann stören? Besser die Jauche freundlicher Pferde an den Füßen als der Griff grausamer Männer.

Die Ratten trieben sie zur Eile an; sie konnten in der Dunkelheit sehen, und sie hatten Angst. Doch obwohl Halla sich ständig bückte und die Arme schützend vor das Gesicht hielt, stieß sie sich immer wieder den Kopf an, und bald liefen ihr die Tränen über das Gesicht. Der Kanal machte eine Biegung und fiel dann steil ab. Die Ratten quiekten ermutigend – inzwischen begleitete sie eine ganze Schar. Halla lief weiter; nach dem Gestank zu urteilen, floß hier Schlimmeres als Pferdejauche. Sie rang nach Luft und kroch, unter dem aufmunternden Rufen der flinken Ratten, so schnell sie konnte weiter. Hin und wieder drangen durch einen Schacht Licht und etwas frische Luft. Halla wäre am liebsten in einem solchen Schacht zur Oberfläche geklettert, denn sie fürchtete, sie könne den Gestank bald nicht mehr ertragen und kopfüber in die stinkende Brühe fallen. Aber die Ratten trieben sie immer weiter, und schließlich sah sie Licht. Sie wankte darauf zu; es schien unendlich weit weg zu sein. Aber schließlich stand sie unterhalb der Stadtmauer, zwischen Abfällen und Gestrüpp am Meer. Fliegen umschwärmten sie. Scherben schnitten ihr in die Knöchel. In der Nähe lag ein totes Tier. Die Ratten tanzten und sprangen mit erhobenen Schwänzen fröhlich um sie herum und verschwanden dann eilig wieder im Abwasserkanal. Halla ging zum Wasser hinunter und wusch sich und wusch sich, rieb sich mit Sand ab und stieg schließlich in nassen Lumpen aus dem Wasser. Sie überlegte, ob sie es wagen konnte, zu den anderen zurückzukehren. Machte die Meute noch Jagd auf sie?

Schließlich entdeckte sie die breiten Schwingen eines kreisenden Milans und pfiff. Der hübsche braune Aasfresser sank tiefer und brachte den Gestank von Abfällen mit sich. Halla bat den Vogel festzustellen, ob in der Nähe ihres Hauses ein Menschenauflauf oder sonst etwas Beunruhigendes zu sehen sei. Der Milan schwang sich mühelos kreisend in die Luft; Halla wartete im Dornengestrüpp und hoffte, daß alles in Ordnung sei. Der Milan kam zurück und berichtete: „Viele Menschen waren dort, und die Männer sind weg."

Einen Augenblick erfaßte Halla die gleiche Freude wie den Milan, der sich wieder hoch in die Lüfte erhob und dort allein seine Kreise zog. Jetzt mußte sie sich um die drei und ihren Schatz keine Sorgen mehr machen; sie mußte nicht mehr befürchten, von dem herzenskranken Tarkan Der verletzt zu werden, der wegen Schöne Feder litt. Sie konnte wieder unbeschwert reisen, wie Allvater ihr aufgetragen hatte. Halla sah sich eingehend und bärenhaft um. Dies war keine Wildnis, hier gab es keine Nahrung, die man sich einfach nehmen konnte. Hinter ihr ragten die Mauern von Mickelgard auf; dort standen Wachen. Hinter den Mauern gab es Nahrung. Aber wenn man sie sich nahm, war man ein Dieb, und Stehlen war gefährlich. Man mußte so schnell wie ein Milan herabstürzen können, der den Metzgern das Fleisch stahl oder Süßigkeiten von den Tabletts auf den Köpfen der Verkäufer; ja, man mußte herabstürzen und davonfliegen können. Füße waren zu langsam.

Dann war es also besser, hinter die Mauern zu gehen und die Männer von Marob zu suchen. Halla betrachtete nachdenklich die Stadtmauer. Plötzlich sprang das geflügelte Pferd mit Steinvor, die einen toten Helden unter dem Arm trug, über die Zinnen. Es landete vorsichtig neben ihr, um nicht auf die Abfälle zu treten, und legte die Flügel an. „Dachte ich mir doch, daß du es bist“, rief Steinvor. Sie zog die Füße aus den Steigbügeln, schlug die Beine übereinander und legte den Helden so über den Pferderücken, daß er ordentlich zu beiden Seiten herabhing. Er hatte einen eingeschlagenen Schädel – vielleicht von einem Steinwurf. „Allvater hat dich auf eine weite Reise geschickt“, bemerkte sie.

„Ich bin aus eigenem Entschluß hierher gekommen“, erwiderte Halla.

„Oh, das glaubt ihr alle“, sagte Steinvor. „Aber wir wissen es besser. Wir führen Befehle aus. Alles ist im Muster des Gewebes vorgezeichnet. Wo der Same fällt, da wächst der Baum. Sieh mal, was ich hier habe.“

„Sein Gehirn fällt heraus“, sagte Halla angewidert.

„Er braucht es nicht mehr“, sagte Steinvor. „Im Grunde hat er es nie gebraucht. Er war einer der Waräger, ein Held des Kaisers. Du hast doch seine Leibwache gesehen.“

„Er hat es zu etwas gebracht“, sagte Halla mit einem Blick auf den breiten goldenen Kragen, der schwer an seinem schlaffen Nacken hing.

„O ja, er kam hierher in die Drachenhöhle. Er glaubte alles, was man ihm im Norden erzählte. Und es ging auch alles gut bis zu dieser Keilerei auf der Straße, als er mit seiner Axt auf einen Schuhmacher losging, der versuchte, die Läden vor seiner Werkstatt zu schließen. Dabei hat ihm die Frau des Schuhmachers einen Eisentopf voll Mehl auf den Kopf geworfen. Er trug einen neuen Helm, der nicht paßte. Hätte er den alten aufgesetzt, wäre alles in Ordnung gewesen. Geschieht ihm recht, wenn er so eitel ist!“

Halla runzelte die Stirn. „Ein Schuhmacher?“ fragte sie.

„Natürlich. Es war in deiner Straße. Als die blaue Meute – Eisentors Männer, verstehst du – hinter dir her war.“

„Aber was hat Eisentor mit den Pferderennen zu tun?“

„Oh, sehr viel. Und inzwischen hat er von deinen drei Männern erfahren.“

„Hat er sie umgebracht?“ fragte Halla. Plötzlich haßte sie Eisentor zum ersten Mal. Bisher war er nur ein Name in der Geschichte eines anderen gewesen. Aber wenn er die drei Männer aus Marob getötet hatte, dann wäre es jetzt ihre Geschichte.

Steinvor zog eine Feder aus dem Flügel des Pferdes und stocherte sich damit in den Zähnen. „O nein“, sagte sie, „der andere, dieser Argyris, hat sie rechtzeitig in seine Gewalt gebracht. Vater Johannes hat ihm erzählt, sie könnten beim Pferderennen jedesmal den Sieger voraussagen, und das interessierte ihn. Aber die drei sind deinetwegen völlig verstört. Sie glauben, man habe dich umgebracht. Tarkan Der versuchte, sich davonzumachen, um dich zu suchen. Jetzt haben sie ihn gefesselt.“

„Dann muß ich sie suchen“, sagte Halla. Sie hörte nicht gern, daß Leute ihretwegen gefesselt wurden.

„Immer mit der Ruhe. Die Argyris-Leute tun ihnen nichts. Die drei werden jetzt sogar zum Kaiser gebracht, so wie sie es sich gewünscht haben, verstehst du? Sie werden dich also nicht brauchen."

„Ich muß für sie sprechen."

„Ach, der Alte kann genug Griechisch, um für sie alle drei zu sprechen. Warum kommst du nicht zu uns, Halla?"

„Das hast du mich schon einmal gefragt. Ich mag keine Helden."

„An die gewöhnst du dich. Aber vielleicht hat Allvater andere Pläne für dich."

„Allvater hat mich vergessen. Ich war nur eine kleine Fliege, die sich in einem Spinnennetz im Wald verfangen hatte. Er hat mich herausgezogen und fliegen lassen."

„Vielleicht. Nun ja, ich werde den hier nach Walhall bringen, sonst wundern sie sich noch, wo ich bleibe. Wenn du die Marob-Männer finden willst, dann geh durch das Tor und geradeaus weiter, bis zu einem kleinen Gemüsemarkt. Dort kannst du fragen."

„Ja, auf dem Markt gibt es sicher Ratten."

„Du kannst auch eine der Marktfrauen fragen. Du siehst ohnehin wie eine kleine Dorfschlampe aus und riechst auch so. Das kommt davon, wenn man sich mit Ratten einläßt. Sie sind noch schlimmer als Drachen."

„Rieche ich?" fragte Halla und betrachtete beunruhigt das zerrissene Kleid. Sie hatte den schlimmsten Schmutz herausgewaschen, aber nun waren überall feuchte Stellen und Salzflecken, und der Geruch haftete am Stoff.

„Ja, meine Liebe. Aber ich mach dir einen Vorschlag. Nimm den Mantel dieses Mannes, dann sieht man nicht, was du darunter anhast."

Halla wich zurück. „Es hat mir schon einmal nichts Gutes gebracht, das Gold eines toten Helden zu nehmen." Die Goldfransen und Spangen des Mantels hatten ein drachenhaftes Zucken in ihr ausgelöst, und das gefiel ihr ganz und gar nicht.

„Also gut. Wie du willst. Ich muß jetzt los." Steinvor setzte sich bequem in den Sattel und zog an den Zügeln. Das Pferd öffnete erst einen Flügel, dann den anderen und flog über das Meer davon. Halla verbarg das Kleid unter Allvaters Mantel, aus dem, wie es schien, das Wasser Schmutz und Gestank besser herausgewaschen hatte. Sie ging mit gesenktem Kopf durch das Stadttor und zog den Mantel eng um sich. Sie fand den Gemüsemarkt, und es fiel ihr nicht schwer, eine Ratte zwischen dem halbverfaulten Obst zu entdecken, das man in die große Abwasserrinne des Marktes geworfen hatte. Die Marktfrauen waren so sehr damit beschäftigt, ihre Waren als gut und billig anzupreisen, und die Käufer damit, zurückzuschreien, sie seien schlecht und teuer, daß niemand bemerkte, wie Halla sich nach dem Weg erkundigte, und wie die Ratte vor ihr her in eine enge gewundene Gasse mit kleinen Läden sprang, die in eine andere enge und leere Gasse führte, die zwischen hohen Mauern verlief, von denen Kletterpflanzen herabhingen, und hinter denen Bäume standen. So kam Halla zum Seiteneingang des großen Hauses von Alexius Argyris, das sich von einer Straße bis zur nächsten erstreckte.

In einem kleinen Raum saßen die Männer von Marob unglücklich auf einer Bank. Tarkan Der hatte man die Hände auf dem Rücken gefesselt, und sein Gesicht war tränenverschmiert. Ein Wächter saß auf einem Hocker, aß Sonnenblumenkerne und summte vor sich hin. Tarkan Der schrie auf, als Halla Gottesgeschenk eintrat, und die beiden anderen rannten auf sie zu und küßten sie. Halla forderte den Wächter auf, Tarkan Der die Fesseln abzunehmen. „Kommt nicht in Frage", sagte der Mann, „der Hund schlägt mich zusammen, wenn ich es tue. Er hat es schon einmal getan."

„Jetzt nicht mehr", beruhigte ihn Halla. „Er wollte mich nur suchen, und nun bin ich da." Der Mann brummte noch ein bißchen, band dann jedoch Tarkan Ders Hände los. Sie setzten sich alle und warteten. Nach einer Weile gab ihnen der Wächter ein paar von seinen Sonnenblumenkernen.

DER GROSSE DRACHE

Vater Johannes kam herein und schien sich überaus zu freuen, als er Halla sah. Aber über ihr zerfetztes Kleid war er entsetzt. Er ließ ein neues Kleid bringen und es ihr anziehen, war jedoch sehr darauf bedacht, den Mantel nicht zu berühren. Danach führte er die vier in den Innenhof, wo der hohe Herr Alexius Argyris auf einer Marmorbank zwischen süß duftenden dunkelroten Rosen saß. In einem Becken neben ihm schwammen Fische; ab und zu zerkrümelte er weißes Brot für die Fische oder für eine Schar Tauben, die sich unter den Rosensträuchern flatternd und schimpfend darum stritten.

Der hohe Herr betrachtete die drei Männer und Halla, als seien sie ebenfalls Tiere, und sprach mit Vater Johannes über sie, als könnten sie ihn nicht verstehen. Vater Johannes verbeugte sich immer wieder; die anderen hatten sich nur beim Näherkommen einmal verneigt. Ein Teil dessen, was gesprochen wurde, war sehr schwer verständlich, denn es ging dabei um Menschen und Vereinbarungen, von denen selbst Roddin nichts wußte, und die Halla nicht interessierten. Schließlich sagte er zu Vater Johannes: „Frag sie nach den Rennen." Vater Johannes sagte zu Halla: „Falls es keine Sünde ist, eine solche Frage zu stellen, wünscht seine Exzellenz zu wissen, wie du den Sieger eines Rennens voraussagen kannst."

„Ich frage die Pferde", antwortete Halla, die amüsiert den Tauben zuhörte, deren Sprache so gar nicht zu ihrem Aussehen paßte.

Vater Johannes verbeugte sich unbehaglich und wiederholte ihre Antwort. „Sie ist verrückt“, sagte der hohe Herr Alexius, „aber frag sie nach dem nächsten Sieger.“

„Wie kann ich ihn kennen, wenn ich die Pferde noch nicht gesehen habe?“ sagte Halla. „Und vielleicht halten sie sich auch nicht an das, was sie sagen. Manchmal zügeln die Wagenlenker sie und verhindern, daß sie gewinnen. Hoher Herr, Ihr solltet den Wagenlenkern verbieten, das zu tun“, fügte sie hinzu, „es verdirbt den Pferden die Freude am Rennen.“

Der hohe Herr Alexius lachte. „Vielleicht ist sie doch nicht so verrückt. Was hältst du von ihr, Füchschen?“ Mit diesem empörenden Namen redete er nämlich Vater Johannes, den Priester Gottes an.

Vater Johannes richtete sich auf und sagte: „Ihre Verrücktheit kommt von oben“, und bekreuzigte sich.

Das taten die drei Männer von Marob ebenfalls und schließlich auch der hohe Herr Alexius. Aber er tat es nachlässig und ließ dabei die Ringe an seinen Fingern blitzen. Er sah die vier wieder an und fragte Vater Johannes: „Glaubst du, ihre Geschichte ist überzeugend?“ Vater Johannes nickte. „Dann sag ihnen, daß sie morgen in den Palast gebracht werden. Gib ihnen zu essen“, fügte er hinzu, „sie sollen nicht vergessen, wer ihnen geholfen hat. Ich möchte, daß die Frau später mit den Pferden spricht. Das ist zur Abwechslung mal etwas Neues.“

Er drehte sich um und ging davon. Vater Johannes brachte sie in ein besseres Zimmer mit Teppichen und Wandbehängen. Er befahl den Sklaven, Speisen und Wein aufzutragen – so etwas Gutes hatten sie in der ganzen Zeit hier noch nicht gegessen. Er befahl auch, daß Tarkan Der das Schwert zurückerhielt, das man ihm abgenommen hatte. Er sagte ihnen, der hohe Herr Alexius Argyris werde sie aus christlicher Nächstenliebe vor den Kaiser bringen. Sie könnten ihre Geschichte erzählen. Es werde Gerechtigkeit geschehen, und die Unschuldigen müßten nicht mehr leiden. Sie dankten ihm. Aber Roddin war in seinem Herzen nicht so glücklich darüber, wie er es früher gewesen wäre. Er war nicht sicher, was daraus entstehen würde, ja noch nicht einmal sicher, daß, wenn tatsächlich alles gutgehen sollte, es aus den richtigen Gründen geschah.

Vater Johannes drängte sie zu essen und ganz besonders, mehr zu trinken. Vorsichtig versuchte er Halla soweit zu bringen, daß sie ihm genau erzählte, wie sie das mit den Rennen anstellte. Halla machte kein Geheimnis daraus, daß sie mit den Pferden redete. Aber sie wollte nicht über die Schwierigkeiten mit Morgenstern sprechen, damit man nicht versuchen würde, ihn und seinen Wagenlenker zu trennen. Sie hatte das Gefühl, daß genau das geschehen könnte. Wie auch immer: Vater Johannes glaubte ihr nicht. Er konnte etwas so Einfaches nicht glauben. Vielleicht glaubten ihr die Männer aus Marob. Vater Johannes ließ sie schließlich allein. Halla erzählte den Männern, wie sie durch die Abwasserkanäle geflohen war. Sie sagte nichts davon, daß die Ratten ihr geholfen hatten. Seltsam, die meisten Menschen mochten Ratten nicht, obwohl Ratten sich in vieler Hinsicht nicht anders verhielten als Menschen. „Wir fürchteten, sie hätten dich umgebracht", sagte Roddin, „obwohl du unter einem besonderen Schutz stehst. Aber in dieser Stadt stellt man sich Gott, seinem Wirken und Willen in den Weg."

„Trotz der vielen Kirchen", sagte Tarkan Der. „Selbst die Ziegelsteine sind von der Fäulnis befallen. Ein Mann hat mir gesagt, du seist tot. Eine Weile glaubte ich nicht mehr an Gott, und ich vergab meinen Feinden nicht."

„Gott steh uns bei", sagte Kiot, „ich wünschte, wir könnten hier weg."

„Und die Aufgabe wäre erfüllt, die uns hierher geführt hat", sagte Roddin. „Manchmal frage ich mich – wenn wir gewußt hätten, wie es hier ist ..."

„Wie lange wir schon hier sind", sagte Tarkan Der, „und keine Nachricht von zu Hause."

„Du wirst zu ihr zurückkehren, mein Sohn", sagte Roddin, „wenn Gefahr droht, wird man sie verstecken. Du weißt, wie viele Freunde du hast."

„Wenn Zeit dazu bleibt“, sagte Tarkan Der, „aber wenn sie nachts kommen – und sie wegschleppen – oh, Gott!“

„Wir wollen beten, daß dieser Kelch an dir und an uns allen vorübergeht“, sagte Kiot. Sie knieten nieder und beteten. Halla kniete auch. Sie dachte an Steinvor, an die Ratten und an die Geschicklichkeit und Schönheit des Milans, der im Sturzflug Beute machte.

Am nächsten Tag trugen acht Männer, gefolgt von zwei Ersatzleuten, eine große, geschlossene Sänfte in den Hof. Man forderte die drei Männer aus Marob und Halla auf, einzusteigen. Die Vorhänge wurden zugezogen. Sie spürten, wie man sie hochhob und die Sänfte sich ruckend in Bewegung setzte. Tarkan Der versuchte, durch einen Spalt zu blicken. Aber draußen zog jemand energisch die Vorhänge zusammen. Es wurde sehr heiß in der Sänfte. Die drei Männer aus Marob in ihren dicken Kleidern schwitzten und machten sich Sorgen. Tarkan Der fing nacheinander alle Fliegen und tötete sie. Halla sah ihm zu; sie hatte für Fliegen nicht viel übrig; man konnte sich keine ihrer Eigenschaften wünschen. Roddin fuhr sich mit den Fingern durch den Bart. „Wenn wir vor dem Kaiser stehen“, sagte er, „müssen wir als erstes ganz deutlich sagen, daß wir vom ganzen Volk von Marob geschickt worden sind und nicht nur für uns bitten.“

„Als erstes“, sagte Tarkan Der bitter, „müssen wir an alles denken, was Vater Johannes uns über das Verbeugen, über das Küssen des Bodens gesagt hat, und daß wir uns wie Tiere zu verhalten haben.“

„Kein Tier küßt den Boden“, sagte Halla, „das tun nur Menschen.“ Tarkan Der legte ihr lachend den Arm um die Schulter. Halla hatte nichts dagegen. Sie waren alle froh, daß er lachte.

Kiot erklärte: „Wir wissen nicht, was man über uns gesagt hat. Es kann alles mögliche sein. Und es wird im Zusammenhang mit dem Straßenkampf stehen. Zumindest davon muß man dem Kaiser berichtet haben, denn seine Wachen haben eingegriffen.“

„Ich habe mich kurz mit einem von ihnen unterhalten", sagte Tarkan Der. „Er will bald von hier weg und in eine andere Stadt, die Holmgard heißt. Er geht, sobald sein Schatz groß genug ist."

Also gibt es Menschen mit Schätzen, dachte Halla. Aber war er ein Held? Oder hatte er von einem richtigen Schatz gesprochen – von einem Drachenschatz? Dachte er daran, eine Höhle zu finden? „Wo liegt Holmgard?" fragte Roddin.

„Im Norden. Im Norden. Sehr viel weiter im Norden als Marob, noch hinter dem Land der Roten Reiter. Er hat erzählt, dort liegt fünf Monate im Jahr Schnee. Die Stadt hat noch einen anderen Namen. Die Leute nennen sie Nowgorod. Der Arm des Kaisers reicht nicht bis dorthin. Sie haben ein eigenes Gesetz."

„Das ist gut", sagte Roddin.

„Es gab einmal eine Zeit", sagte Kiot, „da glaubten wir, die Herrschaft des Kaisers sei auch die Herrschaft Gottes. Der erste Priester hat dies gesagt. Mein Großvater Niar ist gestorben, weil es damals wirklich so war."

„Oder weil er es für wahr hielt. Gewiß ist er für das gestorben, was er für gut hielt. Wären wir nicht hierher gekommen, würden wir es vielleicht immer noch für gut und wahr halten."

„So", sagte Tarkan Der, „so werden wir bestenfalls einen schlechten Statthalter los und bekommen vielleicht einen guten. Aber wir werden nicht mehr glauben können, daß er von Gott kommt. Die Menschen in Marob werden ihn als Gesandten Gottes willkommen heißen. Wir werden jedoch wissen, daß es nicht stimmt. Etwas hat sich zwischen uns und die anderen geschoben."

„Wenn die Dinge noch wären wie früher, wärst du vielleicht Kornkönig von Marob geworden, Tarkan Der", sagte Roddin.

„Vielleicht", antwortete er. „Ja, Roddin, ich habe schon daran gedacht." Er vergrub das Gesicht in einem Kissen der schaukelnden Sänfte.

Dann hielten sie an und hörten das metallische Klirren und Stampfen von Soldaten: Die Wachen verlangten die Losung. Die Sänfte wurde abgestellt. Aber es gab immer noch keine Möglichkeit, die Vorhänge einen Spalt zu öffnen, um zu sehen, wo sie sich befanden. Die Sänfte wurde hochgehoben, und diesmal trug man sie offenbar ruckend eine Treppe nach oben, denn sie fielen übereinander. Dann wurde die Sänfte abgesetzt, und sie durften aussteigen. Sie befanden sich in einem langen Saal mit einer gewölbten Decke und bemalten Wänden, auf denen überlebensgroße Reiter mit roter Haut und schwarzen Augen starr und steif auf ihren paradierenden Pferden saßen. Riesengroße, aufgeschreckte Hasen sprangen durch Gräser, die spitz wie Lanzen waren. Am Ende des Saals hing in starren Falten ein schwerer Vorhang. Sie sahen sich an und flüsterten miteinander. Roddin zog den Hornkamm unter seinem Gürtel hervor, fuhr damit durch seine harten grauen Barthaare und gab ihn dann weiter. Halla zerrte den Kamm durch ihre langen Haare und dachte dabei, daß immer noch Sand in ihnen hängen mußte.

Vater Johannes kam herein, um ihnen zu sagen, daß der Augenblick gekommen war. Sie durften nicht vergessen, sich niederzuwerfen und sich dem Kaiser nur auf Knien zu nähern. „Gib mir deinen Mantel“, sagte er zu Roddin, „dann ist es einfacher.“ Er nahm ihre schweren Filzmäntel entgegen, die nach der Sitte von Marob mit farbigem Filz gesäumt und unten an den Ecken mit aufgenähten Muscheln geschmückt waren. Als er zu Halla kam, wich sie zurück und sagte: „Nein!“ Er wagte nicht, darauf zu bestehen, daß auch sie ihm ihren Mantel gab, denn er erkannte, wenn ein anderer den Geist besaß, der ihm fehlte. „Kommt“, sagte er.

Hinter dem Vorhang gingen sie in beinahe völliger Dunkelheit ein paar Schritte schräg nach oben und standen plötzlich im Licht. Es war ein heißer, wolkenloser Morgen, aber hier drinnen waren die Vorhänge zugezogen, und im Kerzenschein dieser erleuchteten Höhle funkelten wunderbare Farben: das Azurblau von Lapislazuli, das Grün von Malachit, der von

Adern durchzogene Purpur des Porphyr, und überall schimmerte Gold in allen erdenklichen Formen – hohe Leuchter, Türgriffe, kleine Springbrunnen, schaukelnde Lampen, Duftschalen. Ja, es ist wirklich die Höhle des Großen Drachen, dachte Halla. Vater Johannes flüsterte: „Nieder ... jetzt!" Alle gingen auf die Knie und näherten sich kriechend und unter unablässigen Verbeugungen dem kleinen Mann in schweren Gewändern, den Halla beim Pferderennen gesehen hatte. Seine Augen blickten auch jetzt niemanden an, sondern über alle hinweg. Auch Kiot bemerkte es, und ihn durchzuckte der Gedanke: So hat Jesus die Menschen nicht angesehen, auch keiner der Kornkönige.

Schließlich knieten sie vor ihm auf einem gewebten Teppich mit mythischen Vögeln; sie sahen seine Füße in purpurfarbenen Lederstiefeln mit Goldnähten, aber er saß zwei Stufen höher auf seinem Thron. Auf der ersten Stufe stand der hohe Herr Alexius Argyris mit einer Pergamentrolle in der Hand. Hinter ihnen wartete ein Sekretär in einem langen grünen, schwarz gesäumten Gewand. An seinem Gürtel hing ein Tintenfaß, und er hielt die Feder in der Hand, um alles niederzuschreiben.

Der Purpurgeborene murmelte etwas, das sie nicht verstanden. Vater Johannes flüsterte ihnen von hinten zu, sie dürften jetzt aufrecht knien. Offenbar hatte der Purpurgeborene sich nach der Frau erkundigt. Man erklärte ihm, die Frau sei die Stimme der Männer und habe auch noch andere Fähigkeiten. Man habe beobachtet, daß sie nie ohne den Mantel zu sehen sei. Allem Anschein nach sei er eine Reliquie. Der Purpurgeborene zeigte sich interessiert und sagte, wenn es so sei, solle man ihr den Mantel abnehmen und ihn einer der Kirchen geben. Zweifellos war das tatsächlich beabsichtigt. Vielleicht würde man den Mantel sogar der Obhut von Vater Johannes anvertrauen. Vater Johannes verbeugte sich tief. „Später", sagte der hohe Herr Alexius, „das soll später geschehen." Natürlich sagte keiner der vier ein Wort. Aber Halla zog den Mantel fest um sich und fragte sich, was Allvater davon halten würde.

„Wir wollen hören, was sie zu sagen haben“, erklärte der Purpurgeborene, „fordert sie auf zu sprechen.“

Der hohe Herr Alexius gab Roddin ein Zeichen, der seine Rede damit begann, daß er alle Titel des Kaisers aufzählte, die er auf Geheiß von Vater Johannes gebrauchen mußte. Er bekräftigte seine Worte hauptsächlich mit Texten aus dem Neuen Testament. Die beiden anderen hielten den Blick gesenkt. Kiot betete. Er hatte das Gefühl, auf diese Weise am besten helfen zu können. Halla beobachtete alles gelassen, und während Roddin inbrünstig aus dieser Schrift zitierte, die ein Teil seines Lebens und der Grund für sein Handeln war, sah sie, daß der Purpurgeborene ungerührt blieb und einmal sogar leise gähnte, während auf dem Gesicht des hohen Herrn Alexius ein verstohlenes, dünnes Lächeln lag. Vater Johannes blickte nach oben und befleißigte sich der vorgeschriebenen religiösen Gesten, die Halla inzwischen zu kennen glaubte. Der Sekretär notierte die Texte, machte sich jedoch nicht die Mühe, die Worte niederzuschreiben.

Durch den hohen Herrn Alexius wurden Fragen an sie gestellt. Was für eine Abordnung war das, und für wen sprach sie? Roddin kannte die Antworten nicht auswendig und suchte nach Worten. Halla wurde seine Stimme. Wie lange schon war Marob Teil des Heiligen Römischen Reiches und unter welchen Bedingungen? Sie sagten es, und Kiot sprach von seinem Großvater, dem Märtyrer, und Halla übersetzte. Während er von Niar sprach und davon, daß er für seinen Glauben starb, weil er überzeugt war, auf der Seite des Guten, der Barmherzigkeit und der Gerechtigkeit zu stehen, begriff Halla, worum es wirklich ging. Jetzt verstand sie, weshalb diese Männer beteten, weshalb sie die drei liebte, ihnen helfen und ihre Sprache verstehen wollte.

Die Befragung ging weiter. Der Purpurgeborene kreuzte die Füße und legte die Fingerspitzen gegeneinander. Manchmal sagte er leise etwas zu dem hohen Herrn Alexius. Zweimal hörten sie den Namen Eisentor, und einmal breitete der hohe Herr Alexius dabei die Hände aus, lachte scharf und höhnisch, der Purpurgeborene hob die Augenbrauen und sprach über die Schulter mit dem Sekretär.

Es folgte noch eine Frage zu Einzelheiten über die Grausamkeiten und Ungerechtigkeiten des Statthalters. Alle drei antworteten. Halla blickte von einem zum anderen und übersetzte die Worte schnell. Roddin sprach mit Tränen in den Augen von bestimmten Dingen, die geschehen waren. Selbst der Purpurgeborene wirkte leicht beunruhigt. Dann sagte der hohe Herr Alexius: „Ich habe hier den Bericht eines Kaufmanns, dessen Schiff Marob anlief, nachdem die drei Männer bereits hierher unterwegs waren. Er spricht von weiteren Tyranneien." Alexius entrollte das Pergament; die drei Männer begriffen plötzlich, daß es Nachrichten von zu Hause enthielt, und lauschten regungslos.

Es folgte eine Aufzählung von falschen Anschuldigungen, Strafen, Gefangennahmen, Entführungen, Folterungen und Morden. Hin und wieder fiel ein Name aus Marob. Doch obwohl er griechisch ausgesprochen wurde, wußten die Männer beinahe jedesmal sofort, um wen es sich handelte. Halla sah, wie sie erstarrten und zusammenzuckten. Kiot hielt krampfhaft die Hände gefaltet. Einmal hob Tarkan Der den rechten Arm, als wolle er zum Schwert greifen. Dann erwähnte der Bericht, daß der Statthalter entdeckt hatte, daß gewisse Männer aus Marob nach Byzanz gereist waren. In seinem Zorn und seiner Grausamkeit ging er soweit, die Verlobte eines dieser Männer, eine junge Frau namens Schöne Feder, gefangennehmen zu lassen. Man hatte sie mißhandelt, bis sie starb. Roddin legte den Arm um Tarkan Ders Schulter und hielt ihn fest. Halla fühlte sich wie damals, als Uggi sich mit der tödlichen Wunde in seine Höhle zurückgeschleppt hatte. Sie empfand das schreckliche Bedürfnis, einem anderen die Schmerzen zu nehmen, und wußte, daß es nicht möglich war. Tarkan Der griff sich mit beiden Händen in die Magengrube und stieß einen erschütternden, leisen erstickten Schrei aus, als klaffe dort eine tiefe Wunde. Das Blut wich aus seinem Gesicht.

Es schien viel Zeit zu vergehen, und doch waren es nur Minuten, bis der Purpurgeborene sich erhob und zum ersten Mal direkt zu ihnen sprach. „Kraft meiner geheiligten Gnade und kaiserlichen Gerechtigkeit verkünde ich, daß euer Statthalter abgesetzt ist und seine Strafe erhalten wird. Die Wahl seines Nachfolgers liegt in den Händen meines treuen Freundes, des hohen Herrn Alexius Argyris. Seid also versichert, meine Kinder, daß alles gut wird, und daß unsere Macht bis an das Ende der christlichen Welt reicht."

„Nieder!" flüsterte Vater Johannes. „Nieder!" Sie drückten die Stirn auf den Teppich, bis der Purpurgeborene gegangen war. Der hohe Herr Alexius sprach mit Roddin über den neuen Statthalter. Halla stand daneben und übersetzte, denn auch Roddin war völlig erschüttert. Wenn man das Schöne Feder angetan hatte – beim Gedanken daran wurde ihm übel –, was mochte seither seinen Kindern und seiner Frau zugestoßen sein? Er sagte, er hoffe, man würde ihnen erlauben, sofort nach Hause zurückzukehren.

„Gewiß könnt ihr das", sagte der hohe Herr Alexius, „auf dem Schiff, das den neuen Statthalter nach Marob bringt, unter seiner Gunst und unter seinem Schutz. Es ist uns nicht unbekannt, daß ihr eure Dankbarkeit für die erhaltene Hilfe durch Geschenke für die Armen zum Ausdruck gebracht habt. Das war sehr passend ... wirklich sehr passend. Aber wegen der Pferderennen muß ich die junge Frau befragen. Und wie der Purpurgeborene selbst wünscht, soll der Mantel, der zweifellos eine bedeutende Reliquie ist – und sie wird erklären müssen, woher sie ihn hat und welchem Heiligen er gehörte –, hier in der Hauptstadt der Welt bleiben, wo er in Sicherheit ist."

Roddin hob den Kopf, um zu antworten. Sein Zorn war unübersehbar. Aber Halla griff nach seiner Hand und flüsterte: „Sag nichts. Überlaß alles mir." Sie schlug bescheiden die Augen nieder und sagte, sie stehe dem hohen Herrn zu Diensten. Zuerst müsse sie aber mit den anderen zurückgehen, ihnen helfen, ihre Angelegenheiten mit dem Hausbesitzer zu ordnen, und feststellen, ob es vielleicht möglich wäre, eine weitere Spende für die wohltätigen Einrichtungen der Stadt zu leisten. Danach werde sie ihm alles sagen, was er zu wissen wünsche.

Alexius stimmte zu und versprach sogar, Vater Johannes werde ihnen den Bericht des Kaufmanns überbringen, für den Fall, daß sie nicht alles richtig verstanden hätten. Dann schickte er nach der großen Sänfte. Sie kletterten hinein, und die Sänfte setzte sich in Bewegung. Die Hitze, das Schaukeln und die Geräusche von draußen waren die gleichen wie auf dem Herweg, und doch war jetzt alles anders. Tarkan Der, der bisher nicht geweint hatte, begann am ganzen Leib zu zittern. Tiefe, lange Schluchzer entrangen sich ihm; er zuckte wie ein sterbendes Tier. Halla setzte sich neben ihn und legte seinen Kopf auf ihre Knie, um sein Weinen zu lindern.

TEIL DREI

ERSTES KAPITEL

AUF UND DAVON

Sie waren wieder in ihrem kleinen Zimmer. Der Schuhmacher hielt sie für anständige und ruhige Leute, und er hatte sich schon Sorgen gemacht, weil keiner mehr zurückgekommen war, nachdem die Wachen sie mitgenommen hatten. Jetzt fragte er sie, was geschehen sei. Sie erzählten ihm, ihre Mission sei erfolgreich verlaufen, der Kaiser habe sie empfangen, aber sie hätten schlechte Nachrichten von zu Hause. Der Schuhmacher blickte von einem zum andern und zweifelte nicht daran, als er ihre Gesichter sah. „Der Kaiser hat euch empfangen!" sagte er. „Das ist ein Wunder! Da habt ihr etwas, woran ihr euch das ganze Leben lang erinnern könnt." – „Das werden wir", sagte Roddin – jedoch in einem Ton, der den Schuhmacher so sehr verwirrte, daß er kurze Zeit später seine Frau mit süßem Wein, Mandeln und den besten Empfehlungen hinaufschickte. Die Frau wollte sie unbedingt über den Palast und die Gewänder des Kaisers ausfragen, doch beim Anblick der drei brachte sie es nicht übers Herz.

Vater Johannes kam und sagte, wenn sie wollten, könnten sie sogar vor dem neuen Statthalter zu Hause sein. Es werde ein Schiff nach Olbia auslaufen und in Marob anlegen, falls sie beschließen sollten, sofort abzureisen. Sie hatten den Eindruck, Vater Johannes wäre genauso froh, sie los zu sein, wie sie, von ihm und Byzanz wegzukommen. Das Schiff würde am nächsten Morgen mit der Flut auslaufen, und deshalb müßten sie sich sofort zur Abreise bereitmachen. Sollten sie noch Dinge zu erledigen haben, zum Beispiel eine kleine Dankspende, würde er das gern für sie erledigen.

„Ja“, sagte Roddin, „ja, wir reisen ab.“

„Sie bleibt.“ Vater Johannes sah Halla auf eine Weise an, die zu deuten ihr schwerfiel. Aber sie wußte genau, er hatte irgendeinen Plan, um sie hierzuhalten – für immer!

„Ja“, sagte sie, „ich bleibe“, und gab den anderen hinter dem Rücken mit der Hand ein Zeichen.

Roddin fragte: „Wann wird der Statthalter abberufen?“

„Ein kaiserliches Depeschenboot wird mit derselben Flut auslaufen wie ihr, aber Marob schneller erreichen. Er wird vor eurer Ankunft weg sein.“

„Dafür sei Gott gedankt! Und der neue – ist er ein Freund des hohen Herrn Alexius Argyris?“

„Und ein wahrer Christ“, erwiderte Vater Johannes.

„Ein wahrer Christ? Also ist er ein armer Mann?“

„Nein, nein“, sagte Vater Johannes, „er ist sehr reich. Er hat es nicht nötig, euch hohe Steuern aufzuerlegen.“ Er lächelte sie an, wünschte ihnen vielleicht sogar alles Gute und war ihnen jetzt freundlich gesonnen, nachdem sie ihm bei seinen Plänen geholfen hatten. „Und er wird wissen“, sagte Vater Johannes, „daß ihr unter dem Schutz des hohen Herrn Alexius steht. Er wird euch bestimmt helfen, euch an euren Feinden zu rächen.“

„Aber der alte Statthalter wird nicht mehr dasein.“

„Ihr werdet feststellen“, sagte Vater Johannes mit einem verschlagenen, sarkastischen Lächeln, „daß außer dem alten Statthalter auch einige von euren Leuten an diesen Dingen beteiligt waren.“

Tarkan Der blickte zum ersten Mal auf. „Wie wahr“, sagte er. Es gab einen Mann, der Schöne Feder für sich hatte haben wollen. Aber sie ... sie. Er stellte fest, daß er nur einen Augenblick lang an sie denken mußte, und schon überfiel ihn wieder dieser schreckliche Schmerz, so daß ihm ganz übel wurde.

Roddin sagte schnell: „Richtet dem Kapitän des Schiffes aus, daß wir mit ihm fahren. Und wenn Ihr zurückkommt, sollt Ihr uns bei unseren Angelegenheiten helfen.“ Vater Johannes verließ das Zimmer unter Verbeugungen und warf dabei Halla von der Seite einen langen Blick zu. Sie saß in ihrem neuen Kleid mit gefalteten Händen auf einem Hocker.

Kiot sagte: „Also wird dieser reiche, christliche Statthalter, der ein Geschöpf des hohen Herrn Alexius ist, uns helfen, uns zu rächen. Und später, wenn es einen Machtwechsel gibt, oder wenn dieser Kaiser vergiftet wird und ein anderer an seine Stelle tritt, wird ein neuer christlicher Statthalter von Eisentor geschickt, und andere werden sich an uns rächen. So geht es im Namen Gottes und des Heiligen Römischen Reiches endlos weiter. Es ist gut, daß mein Großvater nicht weiß, wofür er gestorben ist, und was uns sein Tod gebracht hat." Kiot war noch verbitterter als die anderen beiden; er hatte am längsten geglaubt, daß Byzanz trotz allem der Ort sei, an dem die Gesetze Gottes bewahrt wurden, und daß hier Sein Stellvertreter auf Erden wohnte.

Roddin sagte: „Ich bin zutiefst erschüttert. Vielleicht sollten wir versuchen, den neuen Statthalter am Kommen zu hindern. Tarkan Der, Kind der Kornkönige, wirst du das Volk von Marob führen?"

Tarkan Der blickte auf und schüttelte den Kopf. „Nein, jetzt nicht mehr. Ich werde nie wieder zurückkehren. Wenn ich es wagte, würden sie ein Heer gegen uns schicken. Sie können ein Heer bezahlen, und keiner von ihnen würde sein Leben riskieren."

„Willst du nie mehr zurückkehren?" fragte Roddin betrübt.

„Nein", erwiderte Tarkan Der, „ich kann es nicht einmal ertragen, Marob zu sehen. Außerdem erfüllt mich Haß. Vielleicht könnte ich meinen Feinden nicht vergeben. Ich könnte vielleicht der Versuchung nicht widerstehen. Ich kann mir nicht einmal vorstellen, ihnen zu vergeben. Deshalb will ich an den Ort gehen, von dem der Waräger mir erzählt hat, nach Holmgard im Norden. Es ist eine besser Stadt als diese – zumindest hat er das gesagt."

„Was könntest du dort tun?"

„Wenn es darauf ankommt, könnte ich ein Kämpfer sein, eine Wache des dortigen Königs. Keiner, den ich dann umbringen würde, wäre mein Feind. Ich würde nicht in Versuchung geraten. Es wären nur die Feinde irgendeines Königs. Es wäre für mich ohne Bedeutung und auch für Gott. Aber nach Marob kehre ich nicht zurück."

„Ich vielleicht auch nicht ... ", sagte Roddin.

„Du bist älter als ich. Du kannst dich allem stellen, dem man sich stellen muß. Dich brauchen sie. Aber ohne mich sind sie besser dran. Ich könnte Marob schaden. Ich spüre es. Ich werde mit euch fahren. Aber wenn wir Marob erreichen, werde ich auf dem Schiff bleiben und nach Olbia, ja noch weiter fahren. Von jetzt an gehe ich meinen Weg allein."

„Vielleicht werde ich nach Holmgard gehen", sagte Halla.

Plötzlich dachten sie alle an Halla. „Oh, Halla Gottesgeschenk, unsere Halla", sagte Kiot, „was wirst du tun?"

„Ich glaube, irgendwie werde ich mit euch auf dem Schiff sein", sagte Halla.

„Wie willst du fliehen?" fragte Roddin ängstlich. „Denn wir können dich nicht hier zurücklassen in diesem gottlosen Ort. Wir lieben dich."

„Ich bleibe nicht", sagte Halla, „aber ich weiß nicht, wie ich es anstelle."

„Geh jetzt", sagte Tarkan Der.

„Wenn ich das tue, wird Vater Johannes euch bestimmt nicht auf das Schiff lassen. Er muß sich meiner sicher fühlen. Wir müssen uns verabschieden. Aber ich sage euch, ich werde kommen."

So überließen sie die Angelegenheit Halla und dem Gott, der sie ihnen geschickt hatte. Sie packten ihre Bündel und kamen überein, von dem übriggebliebenen Geld eine gewisse Summe Vater Johannes zu geben, der am Abend erschien und sie zum Hafen hinunterbrachte. Dort verabschiedete sich Halla von den drei Männern, die sehr daran zweifelten, daß sie Halla in diesem Leben noch einmal sehen würden. Auch Schöne Feder war in Gottes Hand gewesen, aber es war nicht Gottes Wille gewesen, daß sie gerettet wurde. Und wer konnte sagen, was nach Gottes Willen mit Halla geschehen sollte? Roddin und Kiot küßten sie. Plötzlich küßte Tarkan Der sie ebenfalls. Es war ein brennender, langer Kuß, und Tarkan Der wirkte benommen, als er sich von ihr löste. Halla ging mit Vater Johannes in die Stadt zurück; er unterhielt sich mit ihr über die Pferderennen. Er sprach davon, wieviel Gutes Hallas prophetische Gabe etwa einem Nonnenkloster bringen könnte. Vielleicht sollte sie eine Nonne werden und Gott nicht nur ihren Mantel, sondern auch alle ihre anderen Gaben weihen. Wenn sie das jedoch nicht wollte, könnte es so aussehen, als kämen ihre Weissagungen vom Satan. Und das wäre wirklich eine sehr ernste Sache ...

Halla hatte von Nonnenklöstern gehört, von der Macht, die manche von ihnen besaßen, und von den goldenen Dingen in ihren Kapellen. Aber sie wußte nicht, welche Bedeutung sie hatten. Deshalb stellte sie Vater Johannes Fragen und hörte ihm aufmerksam zu, bis er glaubte, sie lasse sich überreden und werde seinem Rat folgen. Von Zeit zu Zeit brachte er das Gespräch auf den Mantel und seine Herkunft. Doch Halla ging nicht darauf ein. Dann sprach er wieder von den Pferden und daß Halla zum Ruhm Gottes und um ihren Freunden zu helfen, die in die Heimat zurückgekehrt waren, dem hohen Herrn Alexius den Ausgang eines wichtigen Rennens verraten solle. Halla dachte, wenn ich den hohen Herrn Alexius verärgere, kann er den Männern von Marob nach ihrer Rückkehr in die Heimat schaden. Deshalb muß ich vorsichtig sein.

Dann sagte Vater Johannes, sie müsse auf ihren guten Namen achten; es sei besser, wenn sie von jetzt an bei den Nonnen lebte. Halla erklärte sich freundlich dazu bereit und ging mit ihm, während sie hin und her überlegte, wie sie in Anwesenheit des hohen Herrn Alexius mit einem Pferd reden könnte. Die Pferde würden ihn bestimmt nicht mögen und ihr auch nicht trauen, wenn er bei ihr war. Sie konnte nicht voraussehen, wie Morgenstern oder die anderen Pferde reagieren würden. Nun ja, es würde sich zeigen, wenn es soweit war.

Vater Johannes brachte sie und ihr kleines Bündel zum Kloster. Die Männer hatten Halla von ihrem Geld geben wollen, aber sie hatte nur sehr wenig angenommen. Gehe unbeschwert den Weg, sagte sie sich. Vater Johannes übergab sie einer großen, älteren, ganz in Schwarz gekleideten Frau mit einem weißen Schleier. Sie sprach ernst und würdevoll mit ihm und kniete am Ende nieder, um seinen Segen zu empfangen. Das mißfiel Halla, denn sie fand, es sei eine gute Frau. Vater Johannes wurde zur Pforte begleitet, der Schlüssel drehte sich hinter ihm im Schloß und fand wieder seinen Platz am Gürtel der großen Frau, die freundlich mit Halla sprach. Inzwischen war es spät abends, und Halla hatte noch immer keine Vorstellung, wie sie das Schiff erreichen sollte. Das Kloster schien aus einem Saal, einer Kapelle und vielen kleinen Zimmern zu bestehen, die um einen Hof lagen. In einem dieser Zimmer legte Halla ihr Bündel ab. Es gab Abendessen. Danach gingen alle in die Kapelle zum Beten. Sie nahmen Halla mit. Dann war es Nacht. Halla blieb wach, und als alles still war, stand sie auf und ging vorsichtig in den Hof. Wenn sie einer Ratte oder auch nur einer Maus begegnete, würde sie vielleicht einen Weg nach draußen finden. Sie tastete sich in der Dunkelheit zur Küche. Doch sie hörte kein Getrippel winziger Pfoten. Alles war sauber und ruhig. Die Mauern waren zu glatt und zu hoch, um darüber zu klettern. Die Tore waren alle verschlossen und verriegelt. Der Morgen graute schon beinahe, als sie in ihre Zelle zurückkehrte. Sie dachte an das Schiff, das mit der Morgenflut auslaufen würde, und an die drei Männer, die auf sie warteten. Am liebsten hätte sie die Mauern niedergerissen, die sie von ihnen trennten. Aber solche Bärengedanken nützten nichts. Vielleicht, dachte sie, ist ein Abschied wirklich ein Abschied, und auf mich wartet etwas anderes. Doch der Gedanke ließ sie nicht los, daß sie nach Holmgard gehen sollte. Damit schlief sie ein. Dann war es Tag, und das Schiff war bestimmt ausgelaufen.

Sie setzte sich in den Hof und beobachtete, was geschah. Manchmal sprach die große Frau mit ihr. In einem der größeren Räume nähten vier ebenfalls schwarzgekleidete Frauen schweigend goldene und purpurfarbene Gewänder. In einem schattigen Teil des Hofs malte eine andere auf einem Pergamentblatt eine kleine, starre, schöne Welt. Doch als eine Glocke läutete, unterbrachen alle die Arbeit und eilten in die Kapelle. Dabei blickten sie auf Halla, doch sie folgte ihnen nicht. Statt dessen ging sie über den Hof und betrachtete das halb bemalte Pergament. Verschlungene Muster zierten die Ecken; manche waren in feinen Linien gezogen, andere bereits in kräftigen Farben und Gold ausgemalt. In der Mitte des Bilds stand ein goldener Thron, und darauf saß ein Mann mit einem dunklen, rötlichen Bart, goldenen und schwarzen Augen und einem goldenen Glorienschein hinter dem Kopf. So sah Allvater nicht aus.

Die Schatten wurden länger, und die Nonnen brachten die Kranken in den Hof, die sie in einem der Zimmer pflegten – darunter einen Wagenlenker, der beim Rennen abgeworfen und über die Bahn geschleift worden war. Er hatte schwere Wunden und Prellungen, und ein Bein und ein Arm waren gebrochen. Er weinte, weil er fürchtete, er würde nie wieder ein Rennen fahren. Er war kein freier Mann, und wenn seine Wunden nicht gut verheilten, würde man ihn wahrscheinlich als billigen Arbeitssklaven verkaufen. Er wollte ständig über die Rennen sprechen, aber keine der Nonnen, die ihn pflegten, hatte je ein Rennen gesehen. Deshalb war es sinnlos, sich mit ihnen zu unterhalten. Halla sprach mit ihm, und danach beruhigte er sich ein wenig. Die große Frau beobachtete dies, und auf ihrem Gesicht lag Anerkennung.

Ein anderer Kranker war ein Teppichweber, ein Meister; er hatte Magenschmerzen und stöhnte. Ein anderer, den sie herausbrachten, schien zu krank zu sein, um auch nur zu stöhnen. Er hatte eine klaffende Wunde in der Seite. Obwohl sie nicht schlimm wirkte, waren die inneren Verletzungen eindeutig sehr schwer. Die Nonnen sagten, er sei ein Waräger von der Leibwache des Kaisers und bei dem Straßenkampf vor zwei Tagen verwundet worden. Er würde höchstwahrscheinlich sterben. Sie hatten versucht herauszufinden, ob er ein Christ sei. Aber seine Gefährten, die ihn gebracht hatten, wußten es nicht. Es schien sie auch nicht zu interessieren. Deshalb hatten sie ihm ein Kreuz auf die Brust und das kämpfende Herz gelegt und die Hände über dem Kreuz gefaltet. Ab und zu kam ein Priester, um zu sehen, ob der Mann sprechen wollte. Aber der Mann brachte keine klaren Worte hervor. Er atmete mühsam und keuchend. Jetzt hatte er die Augen halb geschlossen, so daß nur das Weiße sichtbar war. Halla beobachtete ihn. Er war rothaarig, und selbst auf den Händen und an den Handgelenken wuchsen dichte rote Haare. An einem Finger trug er einen goldenen Ring mit einem Rubin.

Halla spürte den Atem eines Pferdes im Nacken und drehte sich um. „Da bist du ja schon wieder!“ sagte Steinvor. „Was willst du denn hier?“

„Ich will nicht hier sein“, sagte Halla, „kannst du uns beide mitnehmen und mich dann auf dem Schiff absetzen?“ Denn sie vermutete, Steinvor sei gekommen, um den Waräger zu holen. Er glich allzusehr einem Helden.

„Nun ja. Ich weiß, du bist eins von Allvaters Wunschkindern, und deshalb kann ich es vermutlich“, erwiderte Steinvor, „aber du darfst nicht erwarten, daß wir schnell sind. Du bist nicht gerade ein Federgewicht. Warte, bis ich ihn mir schnappe, dann springst du hinten auf. Und halt dich ja fest.“ Sie warf einen Blick auf den Mann. „Sei ein braves Mädchen und nimm das Kreuz weg. Ich könnte mir die Hände verbrennen.“

Halla ging zu dem Mann hinüber, nahm behutsam das Kruzifix, legte es neben ihn, während seine Brust sich noch einmal hob. Der Priester blickte erstaunt auf, schon tat der Mann den letzten Atemzug, Steinvor beugte sich hinunter und packte ihn an den Schultern. Halla nahm Anlauf und sprang hinter Steinvor auf das geflügelte Pferd. Sie hielt den Mantel mit den Zähnen fest und klammerte sich mit beiden Händen an das Pferd, das sich in die Luft erhob. Sie schloß die Augen und öffnete sie nicht, solange sie aufstiegen. Dann flog das Pferd waagrecht weiter, und sie waren hoch über den Dächern der Stadt, und plötzlich war es, als fliege sie mit Uggi oder Hroar oder den anderen Drachen. Sie fühlte sich wohl und wieder in die Kindheit zurückversetzt. Aber trotzdem hielt sie sich weiterhin gut fest.

Die Nonnen und der Priester rechneten nicht mit einer Walküre und glaubten auch nicht an ihre Existenz. Deshalb sahen sie auch keine. Aber sie sahen, wie der tote Mann verschwand und Halla in den Himmel hinaufwirbelte – bedauerlicherweise mit ihrem Mantel, denn keiner besaß die Geistesgegenwart, ihn festzuhalten. Immerhin hatte sie das Bündel in der Zelle zurückgelassen. Sie einigten sich darauf, daß man es als Reliquie erproben müsse. Wenn eins der Dinge darin wunderbare Kräfte besaß, dann hätte man wenigstens etwas gewonnen.

MAROB

Das geflügelte Pferd nörgelte vor sich hin und hätte Halla offensichtlich am liebsten abgeworfen. Doch Halla erklärte, das Schiff könne noch nicht weit sein, und so flogen sie tiefer und kreisten über der Mündung des Schwarzen Meeres, wo zwei oder drei Schiffe fuhren; sie wirkten sehr klein; vor ihrem Bug schäumten leuchtende Wellen. Halla wußte nicht sofort, welches das richtige war. Aber dann entdeckte sie Tarkan Ders gelbes Hemd. Es war eine ungewöhnliche Farbe, und sie hatte es oft genug gewaschen, um es zu kennen. Dann sah sie auch die beiden anderen Männer. In etwa fünf Meter Höhe ließ Halla los – das Pferd weigerte sich, tiefer zu fliegen –, glitt auf das Deck und landete, ohne sich zu verletzen. Bis sie aufgestanden war und den Männern versichert hatte, sie sei es wirklich, und es sei alles in Ordnung, war das Pferd schon weit weg, war nur noch ein Fleck am nördlichen Himmel und galoppierte nach Walhall zurück.

Halla erklärte nicht, wie sie an Bord gekommen war; es wäre zu schwierig gewesen. Die Männer kannten das Wort Walküre nicht und konnten sich darunter auch nichts vorstellen. Halla war zufrieden, wieder bei ihnen und auf einem Schiff zu sein, und sie waren zufrieden, die verloren geglaubte Halla wieder bei sich zu haben. Sie konnten nichts unternehmen; das Schiff trug sie über das Meer.

Sie saßen oft stundenlang zusammen, ohne viel zu sprechen, während das tiefgrüne oder tiefblaue Wasser langsam unter ihnen dahinrauschte. Kiot ging immer wieder auf und ab und murmelte vor sich hin. Er war bis ins Innerste aufgewühlt;

er war ein älterer Mann und hatte sich sein Leben lang bemüht, ein Christ zu sein. Er hätte dem Statthalter alles vergeben, was er ihm selbst angetan hatte; aber er war nicht deshalb nach Byzanz gereist. Es ging um die Ungerechtigkeit gegen das ganze Volk, und sicher glich sie der Ungerechtigkeit der Pharisäer, gegen die Jesus in bitterem Zorn gekämpft hatte. Es war richtig gewesen, die Reise zu unternehmen. Hätte er es jedoch nicht getan, sondern hätte er dem Statthalter etwas Unverzeihliches vergeben, dann wäre er nicht bis in die Wurzeln seines Wesen erschüttert worden. Vor langer Zeit hatte er von der großen Kirche der Heiligen Weisheit gehört, der Hagia Sophia, dem Wunder der christlichen Welt. Nun hatte er sie mit eigenen Augen gesehen, und der Anblick hatte ihn geschmerzt, weil sich in ihn das Wissen um die Verderbtheit der Kirche mischte. Kiot versuchte, nicht daran zu denken. Er versuchte, im Gebet zu dem Menschen zurückzufinden, der er einmal gewesen war. Aber der Weg dorthin war versperrt. Er fühlte sich als alter Mann, und das war bei der Hinreise anders gewesen.

Roddin wußte, worunter sein alter Freund litt, und konnte ihm doch nicht helfen. Sie hatten getan, was sie tun wollten, aber nun war nicht sicher, daß es gut gewesen war, und der Preis mußte noch gezahlt werden. Tarkan Der, der Erbe der Kornkönige, würde nie mehr nach Marob zurückkehren. Roddin beobachtete ihn, während er dasaß und aufs Meer blickte. Sein Gesicht wirkte dünner und härter, und seine Hand griff beinahe unwillkürlich hin und wieder ruckhaft nach der Hand von Halla Gottesgeschenk. Wußte sein Kopf, was seine Hand tat? Auf der Hinreise hatte er oft gesungen; nun sang er nicht mehr.

Roddin und Halla übernahmen das Kochen. Roddin hatte den Schiffskapitän auf Hallas Ankunft vorbereitet, und dann war sie gekommen. Als ein Matrose behauptete, sie sei vom Himmel gefallen, schlug der Kapitän den Mann zusammen, weil er Lügenmärchen erzählte. Den Kapitän interessierte nicht, woher die Frau gekommen war; sie benahm sich anständig, verursachte keine Schwierigkeiten, machte ihr Holzkohlefeuer immer auf einem flachen Stein und verstand alles, was man ihr sagte. Wenn sie einen Hafen anliefen, ging sie mit einem der Männer an Land und kaufte Verpflegung ein. Das Schiff fuhr langsam an der Küste entlang. Das kaiserliche Depeschenboot hatte sie am Abend des ersten Tages überholt. Der Wind war abgeflaut, und sie kamen kaum von der Stelle; aber die Sklaven auf dem Depeschenboot ruderten hart und gleichmäßig, als seien sie keine Menschen.

Roddin wußte, wie nutzlos es war, sich wegen einer unbekannten Situation Sorgen zu machen, und er betete oft. Trotzdem stellte er fest, daß er weniger schlief und ständig überlegte, mit welchen Worten er schlechte Nachrichten entgegennehmen würde, falls sie kamen, und wie er sich für diesen Fall wappnen konnte. Er erblaßte, sein Gesicht verzerrte sich und wurde dann unbewegt. Er fürchtete, ihn könne das gleiche Schicksal treffen wie Tarkan Der. Er fürchtete, daß er sich wie Tarkan Der in eine kleine Welt des Leids zurückziehen und sich seinen alten Freunden entfremden würde. Er fragte sich, ob Halla Gottesgeschenk Tarkan Der jetzt nicht vielleicht näher stand als er oder Kiot.

Die Tage vergingen. Einmal gerieten sie in einen Sturm und wurden alle seekrank. Hinterher war die See wieder ruhig, und Halla unterhielt sich mit den Delphinen, die um das Schiff spielten. Sie dachte sogar daran, sich ihnen anzuschließen, denn in ihrem Gleiten, dem Sprung in die warme Luft, dem kurzen Gefühl der Trockenheit auf der Haut, dem Licht, das flüchtig in die geblendeten Augen fiel, und dem Hinuntertauchen in die feuchte Kühle und Durchsichtigkeit lag soviel Freude. Aber vielleicht wäre es für mich nicht so, dachte sie. Ich kenne das Feuer, bei Wasser muß ich an die Seejungfrauen denken, und auch die Schwanzflossen der Delphine erinnern mich daran. Hier gibt es keinen Drachen, der mich wieder herausholt, wenn ich einen Fehler mache.

Dann wuchs die Unruhe der Männer. Es begann damit, daß eine flache grüne Landspitze mit einer langen Sandbank in

Sicht kam, die das Schiff in weitem Bogen umfuhr. Von da an wichen sie nicht mehr von der Reling. Tarkan Der drehte dem Land den Rücken zu und blickte über das grenzenlose Meer auf der anderen Seite. So vergingen zwei Tage; dann begannen Kiot und Roddin ihre Bündel zu packen. Nacheinander versuchten sie noch einmal, Tarkan Der zu überreden, mit ihnen an Land zu gehen. Aber er wollte nicht. Das Schiff drehte bei und fuhr in den Hafen von Marob ein. Tarkan Der verkroch sich unter dem Vorderdeck zwischen Tauen und Segeln. Halla suchte ihn; er wirkte wie ein Bär in seiner Höhle, der den Kopf zwischen den Pfoten vergraben hatte. Halla kniete neben ihm und redete auf ihn ein. Plötzlich zog er sie zu sich hinunter auf das kalte Segel; sein Arm lag schwer um ihren Hals, und er preßte seine feuchte Wange an ihr Gesicht. Eine Zeitlang blieben sie so liegen. Wenn er schlafen könnte, dachte Halla, wenn er die unglücklichen Monate, den Hunger des Herzens verschlafen könnte, die Monate des Todes, der Kälte, die Tatsache, daß man nicht hat, was man sich am meisten wünscht, und erst aufwachen würde, wenn die Zeit vergangen ist, alles in einem Nebel verhüllt ist und ein neues Jahr heraufzieht. Aber vielleicht ist es noch zu früh im Jahr, dachte sie, und außerdem ist er kein Bär.

Sie löste sich von ihm und deckte ihn sanft mit einem Segel zu. Das Schiff legte an. Die beiden anderen waren bereit, von Bord zu gehen. Halla begleitete sie, sagte jedoch, sie wolle vor Sonnenuntergang, wenn das Schiff wieder auslief, zurück sein. Sie hatte soviel von Marob gehört, und jetzt war sie da. Jemand hatte Roddin und Kiot gesehen und erkannt, beugte sich nieder, küßte ihnen die Hände und führte sie eilig aus dem Hafen hinaus und in ein Haus. Sie waren wieder ein Teil von Marob geworden. Halla folgte ihnen.

Sie unterhielten sich schnell und leise, während Halla sich umsah. Die Dinge in diesem Haus unterschieden sich leicht von Dingen in anderen Häusern: der Wasserkrug und die Mehlkiste, die Feuerstelle, die Fischernetze, beschwert mit Marob-Steinen, das Geschirr für die Marob-Ochsen, der Haken am Fensterladen, die Klinke an der Tür, das Webmuster – all das zeigte, daß man hier Dinge anders tat und andere Worte benutzte für das, was getan wurde. Halla bemerkte, wie Roddins Gesicht sich vor Freude glättete. Er wandte sich ihr zu und erzählte, daß seine Frau mit den Kindern rechtzeitig Zuflucht bei ihrem Vater gesucht hatte und dort in Sicherheit war. Der Statthalter hatte sein Haus beschlagnahmt; wahrscheinlich war alles weggeschleppt worden, die Pferde, die Einrichtung – aber das zählte nicht – nichts zählte. Der Statthalter war abberufen worden und zornig mit dem kaiserlichen Depeschenboot abgereist; ja, in den letzten Tagen waren Menschen umgebracht, war vieles zerstört worden. Aber man wußte, daß die drei, die nach Byzanz gereist waren, vollbracht hatten, was Marob von ihnen erwartete.

Mehr Menschen drängten sich in das Zimmer, und mit ihnen wurde es heiß und dunkler. Jemand erkundigte sich nach Tarkan Der. „Er kommt nicht mehr zurück“, sagte Roddin. Ein anderer nickte und sagte, nicht nur Schöne Feder sei unter den Opfern. Auch Yillit sei zu früh zurückgekehrt; man habe ihn gefangengenommen und noch in den letzten Tagen auf schreckliche Weise umgebracht. Roddin wandte sich zu Halla: „Es war sein jüngerer Bruder, den er in Sicherheit glaubte. Er braucht nie zu erfahren, was geschehen ist.“ Halla nickte.

Es gab immer noch Freunde des alten Statthalters, die schworen, er werde zurückkommen. Am besten würden Kiot und Roddin sich so lange verbergen, bis der neue Statthalter eintraf, bis wieder Ordnung herrschte und ein Dankgottesdienst stattfinden würde. Bis dahin konnten viele Gott in ihrem Herzen für seine Gnade danken. Kiot hörte sich das traurig und ernst an, doch dann kam noch ein Mann herein. Er trug das schlichte Gewand eines Priesters, und aus seiner ganzen Erscheinung sprach Freundlichkeit. Er, Roddin und Kiot küßten und bekreuzigten sich, und Halla erkannte plötzlich, daß die beiden Männer zu etwas zurückgekehrt waren, was sie so zum Leben brauchten wie die Delphine ihre Wasserwelt.

Inzwischen hatten einige Leute das Haus wieder verlassen, das Licht wurde weicher und drang flach durch die niedrige Fensteröffnung. Halla wußte, sie mußte gehen, und verabschiedete sich schnell. Die beiden Männer berührten ihr Gesicht, ihre Hände und die Falten von Allvaters Mantel, dann ging sie zum Hafen und wieder an Bord. Der Kapitän machte sich zum Auslaufen bereit, denn es wehte ein günstiger Wind, der das Schiff hinaus auf das Meer bringen würde.

Als sie den Hafen von Marob verließen, ging Halla unter das Vorderdeck und zog vorsichtig das Segel von Tarkan Der. Er sah sie an; auf ihren Sandalen lag Staub; er starrte darauf. Sie sagte: „Ich werde ihn abwaschen." Er nickte, bedeckte sich die Ohren wieder mit den Händen und wartete, bis das Land außer Ruf- und Sichtweite war.

DRITTES KAPITEL

DAS FEUER

Sie fuhren also wieder nach Norden, und es wurde kühler. Sie erreichten das flache Delta, die sandige Küste, schließlich den Farbfleck, wo der große Fluß ins Meer mündet, und dann Olbia. Merkwürdigerweise ging es Tarkan Der jetzt besser. Er sang sogar ab und zu wieder. Es ist wie bei den Waldvögeln, dachte Halla, wenn im Frühling die ersten warmen Sonnenstrahlen durch ihr Gefieder dringen, singen sie bald den ganzen Tag. Er sang jetzt vor sich hin, während sie durch die Hauptstraße von Olbia gingen. Er hatte einen Arm um Halla gelegt und hielt Ausschau nach anderen Reisenden, die auf der Ostroute den Fluß hinauf wollten und weiter nach Holmgard oder Nowgorod, oder wie immer man es nannte. Er stellte selbst Fragen und wollte sich von Halla nicht helfen lassen. Die Sprache in Olbia unterschied sich nicht allzusehr von der Sprache von Marob, und es gab immer jemanden, der griechisch verstand. Jetzt, nachdem für ihn keine Notwendigkeit mehr bestand, jemals wieder Griechisch zu reden, schien er es sprechen zu wollen. Sie erreichten die Anlegestellen am Flußufer. Aus den Augenwinkeln sah Halla schattenhaft Ratten zwischen den gestapelten Getreidesäcken umherrennen. Sie blieb zurück und stellte ihnen Fragen. Wer wußte über das Kommen und Gehen der Schiffe besser Bescheid als die Ratten?

Ja, etwa dreißig Rattenpfade weiter oben am Kai wurde gerade ein Schiff beladen. Halla berichtete es Tarkan Der. „Halla, die Wegfinderin“, rief er, nahm sie plötzlich in die Arme und küßte sie. Ihr war nicht ganz wohl dabei, und deshalb löste sie sich von ihm, obwohl sie Tarkan Der sehr mochte und nur Gutes für ihn wollte. Er küßte sie nicht noch einmal, sondern hielt nur ihre Hand und schwang sie manchmal hin und her. Als sie das große, breite, flache Flußschiff erreichten, verhandelte er sehr geschickt; man räumte Halla einen guten Platz ein. Das Schiff war nach kurzer Zeit beladen, und man stakte es unter den flinken Blicken glänzender Rattenaugen vom Ufer in die Strömung.

Sie fuhren flußaufwärts und nutzten den Wind, so gut es mit den breiten schweren Segeln ging; aber die Sklaven saßen den ganzen Tag an den Rudern, um das Schiff gegen die Strömung vorwärts zu bewegen. Halla hatte Mitleid mit den Sklaven und unterhielt sich mit ihnen zu ihrer Überraschung in ihren Muttersprachen. Tarkan Der sah die erschöpften und mißhandelten Männer, blieb jedoch völlig ungerührt. Seit einiger Zeit war das Mitleid in ihm erstorben.

Sie erreichten Kiew, an das Halla sich erinnerte. Es fanden zur Zeit Kämpfe zwischen zwei Königen statt. Ein Mann kam auf das Schiff, sprach zuerst mit dem Kapitän und dann mit Tarkan Der. Er forderte ihn auf, sich am Krieg zu beteiligen, und versprach guten Sold. Wein wurde ausgeschenkt und getrunken. Tarkan Der sprach mit einer Stimme, die Halla – sie stand etwas abseits am Bug – an ihm noch nie gehört hatte. Schließlich rief er sie, und sie ging zu ihm. Er fragte: „Soll ich für den Fürsten von Kiew und gegen seine Feinde kämpfen?“ „Was für ein Krieg ist das?“ fragte Halla. Der Fremde erklärte eifrig, es handle sich um einen Krieg gegen Rebellen, die man vernichten müsse, ehe sie zu stark würden. „Ist dieser Fürst“, fragte Halla, „ein gerechter Statthalter?“

Der Fremde wollte etwas erwidern, aber Tarkan Ders Gesichtsausdruck und seine Stimme veränderten sich. „Ich hatte vergessen“, sagte er, „daß ich ein Christ bin.“

„Aber der Fürst ist ein Christ“, sagte der Mann. „Er hat eine große Kirche gebaut. Sie ist ein Weltwunder. Er hat Nonnenklöster gegründet ... ”

„Ich hatte vergessen“, sagte Tarkan Der, „daß ich weiter muß. Ich kann nicht hier an Land gehen.“ Der Mann verließ sie wütend und drohte mit Strafen, aber Tarkan Der kümmerte sich nicht darum.

Doch als sie am nächsten Tag ablegten, saß er stirnrunzelnd und beunruhigt an Deck und sprach kaum. Abends bat er Halla um ihren Mantel. Er wollte darunter schlafen, denn er zweifelte, ob er richtig gehandelt hatte, und brauchte Führung. Vielleicht würde Gott ihm einen Traum schicken. Halla tat es nicht sehr gern, willigte jedoch ein, ihm den Mantel für eine Nacht zu überlassen. Sie deckte sich mit seinem Mantel zu und schlief sehr gut. Am nächsten Morgen gab Tarkan Der ihr den dunkelblauen Mantel zurück. „Hast du etwas geträumt?“ fragte sie. „Er riecht nach dir“, erwiderte er und sah ihr tief in die Augen. Aber sie hatte Bärengedanken. „Er ist mein Pelz“, sagte sie und nahm den Mantel wieder an sich. Danach knieten sie wie immer morgens und abends nieder und beteten. Manchmal knieten alle auf dem Boot, die sich Christen nannten, mit ihnen zum Gebet. Aber ohne Kiot und Roddin war es nicht dasselbe. Tag für Tag fuhren sie weiter in den Norden.

Es kamen die Zeit und der Ort, als das Flußschiff die Ladung aus dem Süden – aus Byzanz und noch ferneren Orten –, den Wein, die Oliven, die getrockneten Früchte, die gewebten Stoffe, die Gläser, Becher und Schalen und die kleinen vergoldeten Dinge oder Bronzegegenstände gelöscht und verkauft hatte. Die neue Ladung bestand aus Häuten, Korn, Wolle und einigen Waren, die weit aus dem Norden oder Osten stammten, unter anderem auch Bernstein. Der Kapitän zeigte ihnen, wie ein polierter Bernstein, den man rieb, eine Fliege fing und im Laufe der Zeit schluckte – „denn seht ihr, hier ist ein Stück Bernstein mit einer Fliege drin.“ – „Es ist wie Gottes Wille“, sagte Tarkan Der, und Halla begriff nicht, wie er das meinte.

Das Flußschiff mußte nun wenden und wieder nach Süden, nach Olbia segeln. Die neue Ladung würde gelöscht und von den Ratten am Ufer zur Kenntnis genommen werden; man würde sie auf ein anderes Schiff laden und über das Meer nach Marob und Byzanz bringen. Alle, die weiter der Ostroute folgen wollten, mußten entweder ein kleineres, langsameres Schiff auf dem flachen Fluß nehmen oder über Land reisen. Sie durften keine Zeit verlieren; der Herbst war nahe, und mit ihm kam der Schnee, der Winterschlaf der Bären und die Zeit, in der man nicht reisen konnte. Tarkan Der besaß immer noch Geld, denn die anderen hatten ihm beinahe alles überlassen, was sie noch besaßen. Es war griechisches Geld – Goldmünzen mit dem kleinen häßlichen Bild des Purpurgeborenen. Sie wogen es auf genauen Waagen mit Gewichten, auf die man sich geeinigt hatten, unter den prüfenden Blicken beider Parteien.

Tarkan Der mietete Pferde, und den nächsten Abschnitt ihres Weges legten sie in einer Karawane zurück, die von einem Rastplatz zum nächsten zog. Tarkan Der unterhielt sich, so gut es ging, mit den anderen Männern über Waffen, den Krieg, die Jagd und über die Sitten in den Städten und über die Gesetze von Holmgard. Es waren strenge, gerechte Gesetze. Sie wahrten den Frieden und hielten sich an Abmachungen. Tarkan Der hätte sich leichter unterhalten können, wenn Halla für ihn übersetzt hätte, doch meistens forderte er sie nicht dazu auf. Sie ritt hinter den Männern und sprach mit sich selbst und mit allen Lebewesen, die ihr zufällig begegneten. Die Pferde waren müde; man vermietete sie ständig an andere Reiter und behandelte sie wie Dinge. Sie hatten wenig zu sagen. Aber über ihnen kreisten Kraniche und Reiher, die Neuigkeiten wußten, und manchmal sahen sie Biber, die jedoch für ungezwungene Gespräche viel zu beschäftigt waren. Denn Holzstämme waren ihre Schätze, und ihre Gedanken kreisten nur darum, sie zu bekommen.

Doch einmal stieß sie auf einen kleinen Basilisken, der im trockenen Gras döste. Halla weckte ihn, indem sie ihn sanft am Schwanz zog. Er drehte sofort das Auge und richtete den tödlichen Blick auf Halla. Aber entweder war er nicht mächtig genug, oder es hatte einen anderen Grund, jedenfalls konnte er ihr nicht schaden. Er beklagte sich über das Wetter, und als Halla ihm riet, nach Süden, in die heiße Sonne zu fliegen, klagte er noch mehr darüber, daß seine alten Lieblingsplätze von Männern und Frauen wimmelten, die keine Achtung vor Basilisken hatten. Selbst als sie sich in die ägyptische Wüste zurückgezogen hatten, waren sie dort auf Einsiedler gestoßen, die sie auf höchst unangenehme Weise exorzierten und ihre Augen damit manchmal tagelang wirkungslos machten. Der Basilisk streckte einen seiner Flügel aus; er kam Halla so vertraut vor, daß sie sich zu der Frage gedrängt fühlte, ob er im Norden Drachen gesehen habe. „Nicht einmal einen Salamander", erwiderte der Basilisk traurig. „Hier gibt es nichts Feuriges", fügte er hinzu. Halla schenkte dem keine allzu große Beachtung, denn man wußte, daß Basilisken nichts sahen außer ihren Feinden. Manchmal sehnte sie sich jedoch nach Neuigkeiten von den Drachen.

Wenn sie zu weit zurückblieb, drehten sich die Männer nach ihr um und riefen sie. Als sie Tarkan Der von dem Basilisken erzählte, beunruhigte ihn das; ja, er wurde beinahe wütend auf sie. Er schien nicht zu wollen, daß sie eine Frau war, die sich mit Basilisken unterhielt. Deshalb saß sie am Ende des Tages stumm am Feuer. Jeder Tag brachte sie ein Stück weiter nach Norden und Holmgard näher. Jeden Abend erreichten sie einen neuen Rastplatz. Sie sattelten die Pferde ab, tränkten sie und legten ihnen Fußfesseln an, entzündeten ein Feuer, erhitzten Wasser und kochten. Manchmal fanden sie eine Art Unterkunft, die eigens für die Karawanen errichtet worden war, manchmal übernachteten sie im Freien.

Nachts heulten die wilden Tiere; schlichen um das Lager, rochen das Essen und fragten: „Wagen wir es? Wagen wir es?" Die Männer standen abwechselnd Wache. Tarkan Der tötete einmal einen Wolf. Doch mehr als Tiere fürchteten die Reisenden andere Menschen. Ihretwegen stellten sie Wachen auf; ihretwegen lagen die Pfeile griffbereit neben dem Bogen.

Die Tage wurden kürzer und die Nächte kälter. Der Blick auf den Himmel ließ sie so schnell wie möglich weitereilen. Der Wind schien aus einem eisigen Land zu kommen; er schnitt in die Hände und Gesichter und riß an den Mänteln. Das Land war flach, und manchmal führte der Weg durch

Sümpfe; dann mußten sie vorsichtig hintereinander reiten. Der Führer der Karawane kannte den Weg; er hatte die Sümpfe schon oft durchquert. Schließlich erreichten sie einen Fluß. Er glich dem Fluß, den sie hinter sich gelassen hatten; er floß allerdings nach Norden, also in ihre Richtung. Sie verabschiedeten sich von den Pferden und fuhren auf einem Schiff weiter. Tarkan Der zahlte mit seinem letzten Geld für ihr Essen an Bord bis Holmgard und mußte außerdem noch einen der beiden goldenen Knöpfe von seinem Gürtel verkaufen.

Es hatte schwere Regenfälle gegeben; das braune Wasser wirbelte und schäumte und trug das Boot schnell mit sich; es schien fester zu sein als die Planken. Auch die Ufer waren braun; sie waren zwar nicht hoch, doch trotzdem konnte man das dahinterliegende Land nicht sehen. Abends legten sie an, denn es war zu gefährlich, in der Dunkelheit zu fahren. Trotzdem würden sie in wenigen Tagen in Holmgard sein. „Was willst du dort tun?" fragte Halla.

„Ich werde in den Dienst des Fürsten von Holmgard treten", erwiderte Tarkan Der. „Dort wird es Priester geben, und dann werden wir heiraten."

„Warum werden wir heiraten?" fragte Halla und blickte in das strudelnde, gurgelnde Wasser, das nach Norden floß.

„Weil es nicht richtig ist, daß wir immer zusammen reisen und nicht verheiratet sind", sagte Tarkan Der.

„Vielleicht will ich nicht immer mit dir reisen", sagte Halla.

„Wir werden nicht immer reisen. Ich werde für meine Dienste bezahlt werden. Wir werden in Holmgard ein Haus finden, ein kleines warmes Haus. Und sobald ich Geld habe, werde ich Dinge für unser Haus kaufen und Dinge für dich. Es wird dir gefallen, mit mir in einem kleinen Haus zu leben."

„Das weiß ich nicht", flüsterte Halla halb zu ihm und halb zu dem tückischen Wasser. Sie dachte, daß sie vielleicht gern eine Höhle gehabt hätte, eine Höhle mit einem funkelnden Schatz in moosbewachsenen Nischen. Sprach er davon, einen Schatz in das Haus zu bringen? Nein, das meinte er nicht; er war ebensowenig ein Drache wie ein Held. Was war er also?

Er war ihr so nahe, war aber doch nicht sie. Weshalb war er sich so sicher, daß sie in einem kleinen Haus leben wollte? Das Lager eines Bären hätte ihr gefallen – ein sicheres Lager unter Felsen und Tannenzweigen, den kräftigen Geruch des Lagers, der über den Schnee herüberdrang, und die Matullibärin, ihre Amme, die sie erwartete, um sie mit ihrer heißen, kitzligen Zunge in den Schlaf zu lecken. Würde es in einem Haus auch so sein? Wollte Allvater, daß sie in einem Haus lebte? Niemand kann mit einem Haus auf dem Rücken unbeschwert reisen, nicht einmal eine Schnecke.

Sie hatten wieder am Ufer festgemacht, an einer Stelle, wo ein Bach in den Fluß mündete. In der Dämmerung sahen sie weiter oben am Bach die Lichter einiger Häuser. Jemand sagte, es sei eine wohlhabende Siedlung mit einem großen Haus und ein paar kleineren Häusern, mit Feldern und Rindern. Dort wohnten gastfreundliche Menschen, allen voran Modolf, Otkells Sohn, dem das große Haus gehörte. Seine Familie war wie viele andere aus dem Norden nach Holmgard gekommen, und er hatte sich auf dem fruchtbaren Land am Fluß niedergelassen. Holmgard lag nur einen Tagesritt entfernt. Wäre es nicht schon zu spät, wären sie zu Modolf hinaufgegangen und hätten um Milch gebeten. Höchstwahrscheinlich hätte man ihnen Fleisch und Brot dazu gegeben, denn so gastfreundlich waren diese Leute.

Die Menschen auf dem Schiff sprachen über dies und jenes und hüllten sich schließlich zum Schlafen in Decken und Mäntel. Es war eine dunkle Nacht. Und in dieser dunklen Nacht schnitt plötzlich ein Schrei wie ein Messer ins Ohr. Alle erwachten und lauschten. Jemand sagte, das sei sicher ein Überfall auf die Siedlung; er bedauerte es, denn dort wohnten freundliche Leute, und Modolf sei besser als alle anderen. Aber es helfe nichts, gut zu sein, wenn man sich nicht verteidigen könne. Dann sprangen hinter einem schwarzen Dach rote Flammen in den Himmel. Die Schiffer hielten es für besser abzulegen, um von den Räubern nicht entdeckt zu werden. Aber Tarkan Der sagte: „Ich gehe hinauf und helfe diesen

Leuten. Wenn ich es tue, wird es mir beim Fürsten von Holmgard vielleicht einen guten Ruf verschaffen. Wer kommt mit?“ Daraufhin erklärten ein Dutzend anderer Männer, ja, sie würden ihm folgen. Halla sagte nichts, schloß sich aber trotzdem den Männern an.

Sie sprangen in den schlammigen Bach, krochen so leise wie möglich das Ufer hinauf und rannten mit gezogenen Schwertern auf das Feuer zu. Der erste Mann, der ihnen begegnete, hielt eine Sichel in der Hand. Er hatte eine klaffende Wunde im Gesicht und konnte sich kaum aufrecht halten. Aber er deutete auf einen Mann mit einem langen Bart in einem Panzerhemd, das im Flammenschein glänzte, der ein junges Mädchen mit aufgelösten Haaren an den Handgelenken mit sich zerrte. Das Mädchen schrie, bäumte sich auf und biß dem Mann in die Hand. Er drehte sich um und wollte ihr die Zähne einschlagen, doch da stieß Tarkan Der ihm das Schwert in den Hals, und der Mann sank in einer Blutlache zu Boden. Tarkan Der hob das Mädchen auf, aber sie warf sich vor ihm auf die Knie, weinte bitterlich und deutete auf das große Haus. Die Räuber hatten ihren Vater Modolf in der Halle an die Säule gebunden und das Haus angezündet.

Eine kurze Zeit wurde überall gekämpft, aber die Leute des Bärtigen gaben schließlich auf und rannten davon, denn sie wußten nicht, gegen wie viele sie plötzlich kämpften. Aus dem Augenwinkel sah Halla eine Walküre wie eine Sternschnuppe durch die Nacht schießen, den Bärtigen auf ihr Pferd werfen; da wußte sie, er mußte ein Held gewesen sein. Dann stand sie neben Tarkan Der, den Männern aus dem Schiff und den Männern und Frauen der Siedlung. In entsetztem Schweigen starrten sie alle auf das große Haus; Tarkan Der hielt das Mädchen zurück, das hineinstürzen wollte. Aber es war zu spät, schon loderten überall Flammen, und die Frauen begannen zu klagen und zu jammern, denn sie hatten alle den alten Mann geliebt, der so gerecht und freundlich gewesen war. Über das Gesicht des Mädchens rannen Tränen, und es versuchte sich von den Händen loszureißen, die es festhielten.

Halla fürchtete sich nicht vor Flammen. Hatten die Drachen sie nicht mit gespaltenen Flammenzungen geleckt, und hatten sie nicht in der sternenflammenden Nacht im Triumph über ihr getanzt? Leichtfüßig rannte sie zu der Stelle, wo der herabgestürzte Türbalken zwischen brennendem Stroh auf der Erde lag, aus dem jetzt weiße, heiße Flammen züngelten, die eine vertraute Hitze ausstrahlten. Sie sprang darüber hinweg und hörte, wie Tarkan Der verzweifelt ihren Namen schrie. Selbst wenn Zeit gewesen wäre, es ihm zu erklären, hätte er es nicht verstanden.

Am anderen Ende des Saales sah sie, was sie suchte: Ein alter Mann war an den Pfosten seines patriarchalischen Stuhls gefesselt. Er blutete aus dem Mund, wo ihn seine Feinde geschlagen hatten, war vornüber gesunken, hustete im Rauch, und ihm schwanden schon die Sinne, so daß er kaum wußte, ob es ein Mensch war, der die Fesseln auf seinem Rücken durchschnitt. Halla überlegte schnell. Für sie gab es keine Schwierigkeiten. Aber wie sollte sie den Mann hinausbringen? Als sie aus dem dicksten Rauch heraus waren, deutete er auf eine Ecke, wo sich das Feuer scheinbar noch nicht ausgebreitet hatte. Er stützte sich keuchend auf sie, während sie ihn dorthin zog. Hoch oben in der Wand entdeckte sie in kleines Fenster. Halla schob einen Tisch darunter, und sie stiegen darauf. Aber ein Blick nach unten, wohin er fallen mußte, zeigte ihr loderndes Stroh.

Halla gab nicht auf. Sie sah zwei Eimer mit Buttermilch, holte sie und schüttete sie ins Feuer. Als die Flammen einen Augenblick kleiner wurden, warf sie ihren Mantel hinunter und schob den alten Mann durch das Fenster. Dann sprang sie selbst und zog ihn und den Mantel aus den Flammen. Inzwischen waren helfende Hände zur Stelle. Halla sah das Mädchen und Tarkan Der. Sie knieten vor ihr, und Tarkan Der rief ihren alten Namen: „Halla Gottesgeschenk." Sie begann zu weinen und stützte sich auf seine Schulter. Gewiß, die Flammen konnten ihr nichts anhaben, doch beim Sprung aus dem Fenster hatte sie sich den Fuß verstaucht, und er begann zu schmerzen.

DIE GESCHICHTE

In dieser Nacht kehrten sie nicht mehr zum Schiff zurück. Sie drängten sich alle in ein Haus, das die Flammen verschont hatten. Dort gab es Brot und Fleisch, Milch und Honigwaben. Einige der Siedler waren getötet oder verletzt worden, und die Räuber hatten vieles zerstört. Aber es war gelungen, sie zu vertreiben. Die Häuser würde man wieder aufbauen, und die Kühe würden wieder kalben. Es gab noch genug Mehl und Getreide, damit sie im Winter nicht hungern mußten und im Frühjahr Saatgut hatten. Vor allem hatten sie Modolf wieder, den Mann, den sie liebten und verehrten, und Alfeida, die zwar immer noch schluchzte und zitterte, aber unverletzt geblieben war. Keiner der Männer vom Schiff hatte eine ernsthafte Wunde, und nun kam auch der Rest der Mannschaft herauf. Man beschloß, sie sollten am nächsten Tag nach Holmgard fahren und dem Fürsten berichten, daß nur ein Tagesritt von der Stadt entfernt seine Gesetze gebrochen und seine Untertanen überfallen worden waren. Es gab zu viele umherziehende Helden und Räuber, die alles nahmen, was ihnen in die Hände fiel. Es waren meist die jüngeren Söhne großer Männer, in denen zweifellos gutes Blut floß. Aber es fehlte ihnen an Geduld und Ehrlichkeit, und wenn sie nicht bekamen, was sie wollten, wurden sie schnell gewalttätig und böse.

Die meisten Bewohner der Siedlung waren treue Christen. Sie würden an Ostern die drei Tage der Trauer und der Freude in Holmgard begehen. Als Tarkan Der ihnen erzählte, Halla sei eine Art Engel, der ihm und seinen Freunden in der Not geschickt worden war und der alle Sprachen verstand, glaubten sie ihm deshalb. Er mußte sich Mühe geben, ihre Sprache zu sprechen, denn Halla war eingeschlafen, nachdem die Frauen ihr den Knöchel verbunden und heiße Milch mit Kräutern zu trinken gegeben hatten. Aber Modolf, Alfeida und ein oder zwei andere sprachen griechisch. Wenn sie alle langsam redeten, kamen sie zurecht. Jetzt richteten sich alle Blicke auf Halla. Während sie schlief, kämmten die Frauen ihr Haar, das wunderbarerweise nicht einmal versengt war, und schnitten hier und da eine Locke ab, um sie für die Kinder ihrer Kinder aufzubewahren, denen sie die Geschichte Winter um Winter erzählen würden.

Tarkan Der dachte, daß es ihm nun sicher möglich sein würde, eine ehrenhafte Stellung bei dem Fürsten von Holmgard zu bekommen. Er dachte auch, daß Halla sich wieder verändert hatte. Wie konnte er nur glauben, er könne ein Gottesgeschenk heiraten! Aber er hatte gesehen, wie sie kochte und putzte. Sie hatte ihm nach der Frauen Art die Hemden gewaschen. Sie tat alles nicht so gut wie eine Frau, die von einer guten Mutter in einem ordentlichen Haushalt erzogen worden war. Das alles wußte er. Als er daran dachte, sie zu heiraten, hatte er sich dies vor Augen geführt und festgestellt, daß es ihn nicht störte. Wer war sie eigentlich? Er kannte den Geruch ihrer Haare und ihres Körpers so gut wie den Geruch seiner Kleider. Er kannte das Gefühl ihrer schmalen Schultern in seinem Arm. Trotzdem ... trotzdem war sie für ihn etwas anderes gewesen als Schöne Feder. Er wußte, seine Zukunft hätte mit Schöne Feder anders ausgesehen als eine Zukunft mit Halla. Und er hatte beide ... beide verloren. Aber war eine Zukunft mit Halla je möglich gewesen? Was war sie dann? Was war sie überhaupt? Die Freundin auf der Reise und seine Helferin. Was war sie? Noch während er darüber nachdachte, schlief er ein, ohne eine Antwort gefunden zu haben.

Halla wachte erst spät am anderen Tag auf und stellte fest, daß der Knöchel weniger geschwollen war. Die Siedler hatten bereits mit dem Aufräumen begonnen. Nur der beißende Geruch von verbranntem Holz und Stroh hing in der Luft und erschwerte das Atmen. Wenn sie halb verbrannte Balken aus dem Schutt zogen, die sie für einen anderen Zweck wieder verwenden konnten, oder die heiße Asche durchwühlten, ob darin noch etwas Brauchbares lag, stieg der Rauch wieder auf. Die Hitze hatte die meisten Metallgegenstände verdorben. Sie würden brechen. Aber man konnte sie nach Holmgard bringen, sie wieder einschmelzen und von den kunstfertigen Schmieden härten lassen. Die Brandwunden von Rindern und Pferden wurden ebenso behandelt wie die der Männer und Frauen. Eine Frau, deren Wehen mitten im Kampf zu früh eingesetzt hatten, brachte einen gesunden Jungen zur Welt. Ein Haus aus Weidengeflecht und Lehm sollte zumindest für diesen Winter die große Halle ersetzen. Einige Männer hatten am Flußufer bereits Weidenruten geschnitten und in die Siedlung gebracht. Abends versammelten sich alle wieder, und die Arbeit an den Flechtwänden ging im rauchigen Licht der Harzfackeln weiter.

Auch Alfeida hatte geschlafen, und das Geschehene verblaßte bereits wie ein überstandener Alptraum. Ebenso würden bald die Prellungen an Kopf und Körper verschwinden. Es zählte nur, daß alles ein gutes Ende genommen hatte. Sie war jung. Sie saß neben Tarkan Der und beobachtete ihn, als er langsam und gründlich sein Schwert säuberte. Sie betrachtete die gestickten Muster aus Muscheln an seinem Mantel; hier und da begannen sie sich zu lösen. Durfte sie anbieten, die Muscheln wieder anzunähen? Durfte sie den warmen Mantel von seinem Körper nehmen und in ihren Händen halten? Würde nicht Halla Gottesgeschenk, Halla der Engel, den Mantel ausbessern wollen?

Tarkan Der warf Alfeida hin und wieder einen Blick zu. Sie hatte goldblonde Haare. Die blauen Flecken zeichneten sich deutlich auf den weißen Armen und dem Nacken ab. Das Blut stieg ihr in die Wangen und wich wieder daraus. Aber der Gedanke an Schöne Feder lastete schwer auf ihm. Er versank in langes, schmerzliches Schweigen. Was er für die Siedlung getan hatte, bedeutete ihm nichts.

Eine der Frauen unterhielt sich mit Halla – zuerst scheu, aber dann vergaß sie, daß Halla möglicherweise ein Engel war, und erzählte mit dem Genuß eines Menschen, der einem neuen Gesicht alte Dinge berichtet. Sie sprach von Alfeida und daß sie das einzige Kind des alten Mannes sei. Ja, er habe noch zwei Söhne gehabt. Aber einer sei bei der Jagd umgekommen, und der andere sei schon vor vielen Jahren während der Überschwemmung im Frühling ertrunken. Obwohl Modolf ein guter Mensch war, verfolgte das Unglück seine Familie. Das ging weit, weit zurück, und Gott in seiner Güte und Weisheit hatte es nicht für richtig gehalten, das Unglück von ihm zu nehmen. Auch Alfeida war gut und freundlich. Sie verstand zu heilen, war flink am Webstuhl, konnte gut buttern und war eine gute Hausfrau. Für sie alle war es schrecklich gewesen, mitansehen zu müssen, wie die Räuber sie wegschleppten ... man wußte ja wozu. Zwei Männer hatte der Versuch, sie zu retten, das Leben gekostet. Und der, der sie gerettet hatte ... was für ein Mann war er eigentlich? Woher stammte er? Was wollte er jetzt tun? Halla und die Frau unterhielten sich den ganzen arbeitsamen rauchigen Abend lang. Halla fand, es sei sehr gut, wenn Tarkan Der Alfeida heiraten würde und nicht sie.

Am nächsten Tag gingen sie zusammen hinaus, um beim Abstecken des neuen Hauses zuzusehen. Alfeida war bei den Männern. Sie schritt den geplanten Grundriß ab und markierte die Ecken. Sie hatte ein gutes Augenmaß und wußte, was gebraucht wurde. Nach einiger Zeit folgte Tarkan Der ihnen und sah zuerst nur zu. Sein Interesse erwachte, und dann half er ihr. Modolf hatte länger gebraucht, um sich zu erholen. Aber am zweiten Tag war auch er wieder ausgeruht. Er saß mit dem Stock in der Hand, auf den er sich selbst für den kurzen Weg hierher schwer gestützt hatte, auf einer niedrigen Erhebung. Die Brandwunden an seinem Handgelenk waren verbunden. Die eigenartige Frau, Halla Gottesgeschenk, hatte gesagt, sie würde später nachkommen. Aber auch sie mußte am Stock gehen. War sie eine Frau oder nicht?

Wessen Tochter konnte sie sein? Er beobachtete die eigene Tochter. Sie hielt das eine Ende eines Seils und der Mann aus dem Süden das andere. Die Pflöcke wurden gerade eingeschlagen. Der Mann blickte sich um, übergab das Seilende einem der Siedler und lief Halla entgegen, die eben aus der Hütte kam. Er nahm sie auf den Arm und trug sie zu der kleinen Erhebung. Ihre Zöpfe, die im Feuer unversehrt geblieben waren, fielen über seine Arme. Jetzt saß sie bei Modolf, und Tarkan Der stand neben ihr.

„Wir haben fünf Jahre im Frieden gelebt", sagte Modolf, „ich glaubte, der Arm des Fürsten sei lang genug. Ich glaubte, das Blatt habe sich gewendet, und das Unglück verfolge mich nicht länger."

„In der Hütte hat man uns vom Unglück erzählt, das schon lange auf deiner Familie lastet", sagte Halla. Auch sie beobachtete, wie die Flechtwände ausgelegt wurden und Alfeida den Männern genau zeigte, was sie tun sollten.

„Ja, das Unglück reicht sehr weit zurück", sagte Modolf. Er seufzte und stocherte mit dem Stock in der Erde. „Damals waren meine Vorväter im Norden Könige. Man sagt, damals habe es Riesen gegeben. Riesen und Drachen."

„Aber es gibt Drachen! Jawohl ... und Riesen", sagte Halla, in der eine eigenartige Angst aufstieg, als gebe es diesen kleinen Hügel über dem Fluß eigentlich gar nicht. Sie umfaßte Tarkan Ders Knöchel und hielt sich daran fest. Seine Hand legte sich freundlich und vertraut auf ihren Kopf.

„Vielleicht so, wie es Engel und andere gute Geister gibt", sagte Modolf, „aber man sieht sie selten. Obwohl jetzt ... keiner von uns weiß, was wir gesehen haben." Er schwieg einen Augenblick und fuhr dann fort: „Damals geschah viel Böses, und der weiße Christ war noch nicht in den Norden gekommen. Die Menschen lebten nach den Geboten der alten Götter oder keiner Götter, sondern nach dem Willen tyrannischer Könige, die ihr eigenes Gesetz verkörperten. Man erzählt, daß ein König eine Frau hatte, die starb. Und er heiratete wieder. Von der ersten Frau gab es ein Kind, ein kleines

Mädchen. Und die zweite Frau sagte, man müsse es im Wald aussetzen und sterben lassen. Das geschah. Meine Vorväter und ich, Gott helfe uns, sind ohne eigenes Verschulden Kinder dieses Königs und dieser bösen Königin. Aber wir werden ständig bestraft, und die Sünden der Väter kommen über die Kinder. Immer und immer wieder werden wir von Tod und Zerstörung getroffen. Blitze schlagen ein, Schiffe versinken, der Feind kommt in der Nacht. Zuerst ging das Königreich verloren. Es war nur ein kleines Reich inmitten von Bergen und tiefen Wäldern. Und meine Vorväter zogen nach Süden und Osten. Manchmal gründeten sie eine Siedlung, bauten ein Haus, und alles ging jahrelang gut. Manchmal dienten sie als Hauptleute größeren Königen und Fürsten wie dem Fürsten von Holmgard, dem mein Vater Otkell gedient hat, und dem ich auch als junger Mann diente. Der Vater meines Vaters wurde getauft; eigentlich hätte der Fluch weichen müssen! Aber alles nahm immer ein böses Ende, und jetzt ist Alfeida, meine Tochter, die letzte, die allerletzte des Geschlechts."

„Das Unglück wurde von euch beiden genommen", sagte Halla, „durch Tarkan Der und mich." Sie konnte plötzlich wieder atmen und wußte, daß sie zumindest sich nicht aufgelöst hatte wie die Spiegelung auf einer unruhigen Wasseroberfläche. Unter ihrer Hand spürte sie die Knochen von Tarkan Ders Fußgelenk und die Schmerzen in ihrem Fuß. Bestimmt waren sie beide aus Fleisch und Blut!

„Wenn ich das glauben könnte ... ", sagte Modolf langsam.

„Ich habe noch nie erlebt, daß sie lügt", sagte Tarkan Der, der geradeaus blickte und sich die Worte überlegte, die er sagen wollte. Und das fiel ihm nicht leicht. Er fügte hinzu: „Sie weiß es."

„Wie seltsam", sagte Modolf, „daß der Fluch so lange wirkte – und nur, weil ein kleines Kind starb. Es ist Schlimmeres geschehen als das. Ja, sehr viel Schlimmeres. Aber vielleicht liegt auf dem Tod der Unschuldigen immer ein Fluch."

„Vielleicht ist sie nicht gestorben", sagte Halla. „Vielleicht hat ihre Amme sich in eine Bärin verwandelt und hat sie in den Wald getragen. Vielleicht ist sie bei Bären und Drachen aufgewachsen. Vielleicht war das am Ende besser, als die Tochter eines Königs zu sein."

„Das kam in der Geschichte nicht vor", sagte Modolf.

„Vergiß die Geschichte", sagte Halla.

Alfeida lief die Anhöhe hinauf zu ihnen. „Ich habe den Männern gesagt, sie sollen morgen alle Binsen schneiden", rief sie, „ich glaube, wir haben genug Weiden. Die Kühe werden wir auf der geschützten Seite unterbringen – ich brauche neue Melkeimer, Vater. Es gibt gespaltenes Eschenholz. Es wird schon gehen. Ich meine, die Freunde, die uns zu Hilfe gekommen sind, sollten den Winter über bei uns bleiben, wenn sie in einem so ärmlichen Haus leben können – mit dem Wissen, daß es später einmal ein besseres geben wird." Sie senkte den Blick und errötete. Ihr Vater wiederholte die Einladung. Ja, sie müßten unbedingt bleiben.

„Ich hatte daran gedacht", sagte Tarkan Der, „in den Dienst des Fürsten von Holmgard zu treten."

„Tritt in meinen Dienst", sagte Modolf, „und nimm, was du sonst noch willst." Er sah seine Tochter an.

„Wenn sie es mir sagt ... " Tarkan Der beugte sich zu Halla hinunter, kniete nieder und drückte sie einen Augenblick lang an sich. „Sie ist weise."

„Ich glaube, du mußt hierbleiben", sagte Halla.

„Und du?"

„Ich bin noch nicht sicher. Ich bin noch nicht sicher", sagte Halla mit Tränen in der Stimme. „Und ich will jetzt nicht darüber nachdenken."

FÜNFTES KAPITEL

UNBESCHWERT

Am nächsten Tag kam der Fürst von Holmgard angeritten. Er wirkte sehr prächtig in dem Waffenrock mit dem aufgenähten Schuppenpanzer, dem Schwert in der mit Rubinen besetzten Scheide, dem Bärenfell, den hohen Stiefeln und dem spitzen Helm. Hinter ihm kamen hundert Mann seines Söldnerheers, mit dem er den Frieden von Holmgard sicherte. Sie gleichen den Warägern, und zweifellos sind viele von ihnen Helden, dachte Halla. Sie beobachtete den Aufzug von dem flachen Hügel aus. Dort saß sie allein in einer sicheren Entfernung, während Modolf und Tarkan Der neben dem Steigbügel des Fürsten standen und berichteten, was geschehen war.

Der Fürst sah mit Wohlwollen auf Tarkan Der hinunter. Er fragte ihn, woher er gekommen sei und weshalb. Nachdem er seine Antwort gehört hatte, forderte er Tarkan Der auf, seinem Söldnerheer beizutreten. Falls er jedoch hier in der Siedlung bis zum Frühjahr warten wolle, dann sei auch das in seinem Sinn. „Denn ich bin sicher, du wirst hier die beste Gastfreundschaft genießen“, sagte der Fürst. Dann erkundigte er sich, welchen Weg die Räuber genommen hatten, und befahl dem Hauptmann seiner Hundertschaft, die Räuber mit der Hälfte der Männer zu verfolgen. Der Frieden von Holmgard mußte bewahrt werden. Wenn an Land kein Frieden herrschte, würden die Räuber als nächstes die Handelsschiffe und die Karawanen überfallen. Das durfte nicht geschehen, denn der Wohlstand von Holmgard beruhte auf den Kaufleuten, den Zöllen, die sie bezahlten, und dem Geld, das sie ausgaben. Wenn ein Fürst den Frieden nicht aufrechterhalten konnte, läuteten die Bewohner von Holmgard die große Glocke, beriefen die Ratsversammlung ein, setzten den Fürsten ab und wählten einen neuen.

Da der Fürst ihm seine Gunst schenkte, schien sich für Tarkan Der alles zum Guten zu wenden. Mit der Zeit würde er aufhören, sich mit der Erinnerung an Schöne Feder und Marob zu quälen. Mit der Zeit würde er seinen Feinden vergeben. Er würde auch Byzanz dafür vergeben, daß es nicht so war, wie er es sich vorgestellt hatte. Er würde voll Freude daran denken, daß sein jüngerer Bruder Yillit seinen Platz in Marob eingenommen hatte. Er würde nie mehr zurückkehren und herausfinden, was wirklich geschehen war. Die zwei Flüsse lagen zwischen ihm und seiner Vergangenheit. Alfeida würde zwischen ihm und seiner Vergangenheit stehen. Er war ein Reisender gewesen, aber nun konnte er bleiben. Er wird glücklich an diesem Ort sein, dachte Halla. Aber ich – ich habe noch nicht den Ort erreicht, an dem meine Reise endet. Ich sehe keinen Grund, weshalb ich hierbleiben soll. Ich bin immer noch ich, und dabei hat Allvater alle möglichen Streiche mit mir gespielt!

Halla blieb eine Weile dort sitzen. Auf der eine Seite am Fuß der Erhebung war das neue Haus abgesteckt. Dort lagen bereits die Flechtwände. Aber sie drehte ihm den Rücken zu. Auf der anderen Seite wuchsen Eschen; zwischen ihr und der Flußbiegung erstreckte sich ein Sumpf. Dort wuchsen hohe Binsen und alte geborstene Weiden, die man nicht mehr zum Bauen oder für andere Zwecke nutzen konnte. Aber etwas bewegte sich zwischen den Bäumen. Sie blickte genauer hin und zog den Mantel enger um sich, denn sie fror. Langsam stand sie auf und ging hinunter in diese Richtung. Sie hinkte noch immer, aber nicht allzu sehr. Bestimmt waren es keine Rinder von der Siedlung. Waren es wilde Tiere? Halla ging vorsichtig näher. Plötzlich entdeckte sie, wie sich hinter einem großen Baum ein Flügel streckte. Das mußte eine Walküre sein – vielleicht waren es sogar mehrere. Steinvor und die anderen! Halla steckte die Finger in den Mund und pfiff.

Augenblicklich herrschte Stille. Der Flügel war blitzschnell verschwunden, als habe es ihn nie gegeben. Aber kurz darauf kam Steinvor gebückt unter einem Eschenzweig hervor und ging zu Halla hinüber. „Also du bist es, meine Liebe. Das hätte ich mir denken können.“

„Ja“, sagte Halla, „ich bin es. Zumindest nehme ich es an. Die Menschen hier haben mir etwas erzählt – Steinvor, gibt es irgendwo noch Riesen?“

„Nun ja, wenn ich es mir recht überlege, in letzter Zeit habe ich keine Riesen mehr gesehen. Aber es muß sie irgendwo geben. Schließlich sollen sie in der Letzten Schlacht unsere Feinde sein. Es ist kaum möglich, daß die Schlacht beginnt, und es sind keine Feinde da.“

„Wenn du mich fragst“, sagte Halla, „ich würde sagen, das könnte gut wieder einer von Allvaters kleinen Späßen sein. Und wie steht es mit den Drachen?“

„Ich nehme an, es gibt immer noch Drachen. Sicher nicht mehr so viele wie früher – hier nicht. Ich nehme an, man findet sie noch in China oder Arabien. Aber eben nicht mehr auf dem nächsten Berg, so wie es früher einmal war.“

„Was ist mit all ihren Schätzen geschehen?“

„Ich glaube, wenn es um Schätze geht, benehmen sich die Menschen inzwischen wie Drachen“, erwiderte Steinvor, runzelte die Stirn und zerrte an ihrer Gürtelschnalle. „Selbst die Helden scheinen Schätze nicht mehr so freigebig zu verteilen wie früher, verstehst du. Vielleicht verstehen sie und die Drachen sich jetzt so gut, daß es keinen Streit mehr zwischen ihnen gibt.“

„Ja“, sagte Halla, „ja, es ist schwierig, seine Feinde zu behalten. Das muß für die Götter und die Riesen unangenehm sein. Vielleicht verstehen sie sich inzwischen auch. Wenn es so wäre, gäbe es keine Letzte Schlacht. Was wollt ihr dann mit all den Helden anfangen?“ Steinvor schüttelte den Kopf. Das war einfach zuviel! Halla fuhr fort: „Wie lange ist es her, Steinvor, daß du auf dem Drachenberg warst und dich mit mir unterhalten hast?“

„Nun ja, ich war so beschäftigt mit diesem und jenem", antwortete Steinvor und begann ihr Haar, das so rot war wie eh und je, wieder in Zöpfe zu flechten. „Die Zeit vergeht, und man merkt es nicht. Ein paar Jahre –"

„Wie viele Jahre? Fünf Jahre? Fünfhundert Jahre? Steinvor, du weißt genau, was ich meine. Was für ein Spiel hat Allvater mit mir gespielt?"

„Was hat er zu dir gesagt, Halla?"

„Er hat gesagt: Mach dich unbeschwert auf den Weg."

„Wenn du das getan hast, wenn du unbeschwert gereist bist, dann reist du vielleicht durch die Jahre und reist schneller als andere. Möchtest du, daß es anders ist, Halla?"

„Ich finde, er hätte es mir sagen können."

„Er sagt es uns nie. Wir müssen es selbst herausfinden. Warum kommst du nicht eine Weile mit uns?"

„Ich habe dir schon früher gesagt, Steinvor, ich mag keine Helden."

„Sie sind inzwischen sehr selten geworden. Wir sind alle hier, weil wir bald ein bißchen Glück haben. Es kommt zu einem Kampf zwischen dem Heer des Fürsten und den Räubern. Es ist beinahe sicher, daß mehrere Helden darunter sind. Du kannst es glauben oder nicht, manchmal ziehen wir monatelang umher und haben keinen Erfolg. Dabei suchen wir überall, selbst in den Bergen. Du hast keine Ahnung!"

„Ich habe keinen Berg mehr gesehen, seit ... seit ... Von hier bis Mickelgard ist alles flach – Sümpfe. Und in den Flüssen gibt es keine Felsen."

„Eines Abends sind wir alle von einer Bergspitze im Kaukasus losgeflogen. Unter uns ging die Sonne gerade unter. Das ist natürlich etwas, das den Pferden gefällt."

„Ich mag Pferde", sagte Halla leise und machte einen kleinen Schritt vorwärts.

„Unsere haben sehr viel mehr zu erzählen als die meisten Pferde", sagte Steinvor. „Sie haben eine klare Meinung, verstehst du? Manchmal widersprechen sie sogar."

„Gäbe es ein Pferd für mich?" fragte Halla.

„Sie kamen auf Allvaters Wunsch zu uns. Wenn er dir eins wünscht – ja, sieh nur! Das hübsche graue mit den schwarzen Flecken, das ist neu!“

„Allvater hätte es mir sagen sollen.“ Halla zögerte immer noch. Es war ein schönes Pferd. Ein sehr schönes Pferd – fast wie ein Einhorn, aber es wirkte intelligenter. Es breitete erwartungsvoll die großen Flügel aus. Es war besser als ein wirkliches Pferd, besser als ein Schiff. Wenn man auf diesem Pferd ritt, brauchte man nichts – nicht einmal einen Mantel. Sie ließ ihn am Rand des Sumpfes zu Boden gleiten. Nichts. Sie war unbeschwert.

Marseilles – Peschawar, 1951

Verlagsgemeinschaft Ernst Klett Verlag –
J. G. Cotta'sche Buchhandlung
Die Originalausgabe erschien unter dem Titel
„Travel Light“ im Verlag Faber and Faber Ltd.

Printed in Germany 1987
Ausstattung: Klett-Cotta-Design
Gesetzt aus der Times von Lihs, Ludwigsburg
Gedruckt auf holzfrei Werkdruckpapier (Cartiere del Garda)
von Gutmann, Heilbronn
Bindearbeiten von Wilhelm Röck, Weinsberg

CIP-Kurztitelaufnahme der Deutschen Bibliothek

Mitchison, Naomi:
Eine Reise durch die Zeit / Naomi Mitchison.
Aus d. Engl. von Manfred Ohl u. Hans Sartorius.
– Stuttgart : Klett-Cotta, 1987.
Einheitssacht.: Travel light ⟨dt.⟩
ISBN 3-608-95493-7

Manuel Mujica Láinez: Die Sage von der schönen Melusine, von ihr selbst erzählt

Aus dem Spanischen übersetzt von Fritz Rudolf Fries
415 Seiten, Pappband mit Schutzumschlag, ISBN 3-608-95298-5

Wenn eine Fee sich entschließt, ihre Memoiren zu schreiben, dann darf man sich auf etwas gefaßt machen; und wenn es sich dabei gar um die schöne Melusine handelt, dann kann die Erwartung nicht enttäuscht werden.
Eigentlich ist es eine traurige Geschichte. Doch mag Mitgefühl nicht so recht aufkommen – dafür sorgt Melusine selbst, deren Eitelkeit, deren besserwisserische Geschwätzigkeit und eher häuslich-biedere Verstand jede Situation ins Komische wendet.

Evangeline Walton: Die letzte Amazone

Aus dem Amerikanischen übersetzt von Hans J. Schütz
430 Seiten, kart. in Schuber, ISBN 3-608-95283-7

Antiope, die letzte Amazone, stellt sich freiwillig gegen das eherne Gesetz ihres Volkes, indem sie sich für den Mann entscheidet, den sie liebt. Ihren Mut bezahlt sie mit dem Tod, doch Theseus, ihr Gemahl, wird vollenden, was prophezeit wurde: eine neue Zeit wird anbrechen.

Evangeline Walton: Die vier Zweige des Mabinogi

Aus dem Amerikanischen übersetzt von Jürgen Schweier
768 Seiten, kart., in Schuber, ISBN 3-608-95148-2

Hobbit Presse / Klett-Cotta